U0937214

中国游记

しなゆうき

[日] 芥川龙之介——著
施小炜——译

Akutagawa Ryūnosuke

浙江出版联合集团
浙江文艺出版社

目录

总序

施小炜

曾经有一位不可一世的罗马人恺撒（Julius Caesar）留下过这么一句豪言壮语：我来到，我看见，我征服。(Venio, video, vinco.)“来”也罢，“看”也罢，都不打紧，然而来和看的目的倘不是援助、投资或观光游览，而是征服，则以今天后殖民后冷战时代的眼光视之，自然不免会感到帝国主义的血腥。事实上，那个时代的罗马人大抵都是帝国主义者，置帝国的利益于万物之上，嗜爱征服别人。也许惟因如此，恺撒的这句话才会被奉为金言备受推崇广为流传，以至于时至今日居然仍未湮灭。甚至在早已打入我国市场多年的万宝路（Marlboro）香烟盒的标志中，居然也赫然印着这句话，只是写作完成时：Veni, vidi, vici.即“我来了，我看了，我征服了”。

其实恺撒语录的原版才更加意味深长呢。然而这位罗马统帅在忙着厮杀征服之余，倒也没忘记有效利用晚间就寝之前的时间，写下了一部《高卢战记》(Commentarii de Bello Gallico)。而这部书，从某种意义上说，恐怕不妨视为一种游记。若依今人的价值观，也许应将恺撒的名言改说成："我来，我看，我写（vigilo）。"改 vinco 作 vigilo，仅仅一字之易，便将话者由威风凛凛的三军统帅降格为普普通通的一介游客，尽管失去了许多英雄气概，却也平添了一缕和平与温馨，岂不可爱？而名高千古的《高卢战记》也大可更名为《高卢游记》(Commentarii de Itinere Gallico) 了。——此乃戏言。不过事实上，征服这一行当固然英雄无比，但鲜见能够维持得恒久。君不见，昔日曾为罗马军团所征服的土地上，如今崛起了一个个强大富足的国家，倒是称霸一时的罗马帝国却早已灰飞烟灭了。反观搦管弄文，尽管显得孱弱，却似乎远较策马横刀杀气腾腾的征服更受到永恒的青睐：连今天我们认识恺撒其人，难道不也是仰赖写在纸烟盒上的一句"名言"，以及一部《高卢战记》吗？亦即是说，对于生活于现代的我们而言，恺撒建立在南征北战杀人如麻之上的盖世英名，已经毫无（当时所曾具有过的）意义；如若说今天恺撒对我们还有一点影响的话，那这种影响只是通过他作为副业而遗留下来的著述（écriture）来实现的。

闲话休提。游记的历史便是这般地古老——尽管我们不敢也不必武断地强辩《高卢游记》，不不，《高卢战记》便是游记的起点。曲园居士俞樾在为东国文士竹添进一郎（井井居士）《栈云峡雨日记》所撰的序文中说：“文章家排日纪行，始于东汉马第伯《封禅仪记》，然止记登岱一事耳。至唐李习之《南行记》、宋欧阳永叔《于役志》，则山程水驿，次第而书，遂成文家一体。”主张中国的游记始于东汉，成于唐宋。然而游记的最盛期，无疑是在人类迈入了科学技术神速进步的现代文明社会之后。交通手段的发达，使得从前被目为难于登天的畏途变成了坦途，人们的活动范围扩大，异域间的往来费时减少，为游记的繁盛预备了物质基础。至少在日本是如此的，而日本人的访华游记则更是如此。众所周知，日本与中国的交往，日本人的来华留学、经商，乃至做官，原是古已有之的事情。然而访华游记以惊人的数量大举问世，却是在1868年的明治维新以后。仅仅是东京的东洋文库一家，其所收集的明治以降日本刊行的访华游记，就多达四百余种，而这据说不过是“九牛之一毛”。至于这期间日本人究竟写下了多少这类书籍，其总数迄今仍无确切统计。访华游记的作者群，除却文人学者之外，还包括了教师、学生、商人、宗教家、出版人、社会活动家，以及军人、政客，纭纭纷纷，鱼龙混杂。有的是匆匆过客，蜻蜓点水走马观花；有的则是“此间乐，不思蜀”，长期体验长期观察。既有寻幽探胜，寄情水光山色；也有访朋拜友，评骘人事、政治。沉湎于怀古幽情，凭吊古迹、追思古人者有之；留意于民风世情，将视点照准当代社会变迁者亦有之。诸体咸备，蔚为壮观。

游记可以说是一个发现过程的记录。“来”和“看”，是游记的原料积累，而“写”，则是游记的生产行为。作者从他自己所熟悉的日常之中走出，来到一个于他而言是非日常的空间，在这里，他看到了许多人、许多物、许多事，有的似曾相识，有的令他惊异，所有这一切一一都会引起他的感慨与思索。而他之所以会在面对种种所见所闻时表现出不同的反应，乃是因为他心中有一个参照系（frame of reference）存在着。映入眼帘的一切，全都投射在他心中的参照系上，他据此做出价值的判断，或喜或嗔，或欣然接纳，或嗤之以鼻。这个参照系，是他长期生活于斯、成长于斯的那个环境、那个文化、那个传统在他不知不觉之中赋予了他的，而他往往甚至不曾意识到这一参照系的存在，却无时无刻不在运用它。换句话说，向游记——其实不独游记——期冀客观，不啻缘木求鱼。但凡被记录下来的，都是选择的结果。而选择这一行为，正是一种主观活动。哪怕写的是风景，是一座建筑，是一草一木，那都是经过了作者的双眼甄别，经过了他心中的参照系过滤过的；而他的双眼本是教育的产物，则那个参照系可以说是一个民族文化传统的凝缩。

因此，我们移译介绍日本人所写的访华游记，就具备了双重的意义。首先，阅读这些游记，有助于我们了解那个时代的中国与中国人，或者说作者眼中所见的那个时代的中国和中国人。这对于我们中国人认识自己、理解自己，应当是有百利而无一弊的——即使面对的是哈哈镜，我们也可以从变了形的身影中，看到遭了扭曲的优点，增进对自己的信心；或发现被夸张了的缺点，了解自己阿喀琉斯脚踵（Achilles' heel）的所在，从而思谋自强自卫的方策。引用一句曾经十分流行、几乎人人耳熟能详的名言，那便是："忘记了过去便意味着背叛。"历史是无法抹消的，因为它并不因为我们无视它便不存在，而今天与明天其实也无非是历史的进行时与将来时。

其次，阅读这些游记，我们还可以反过来认识那个时代的日本和日本人。因为如前所述，观察者（旅人、作者）的目光总会从被观察、被描述的对象身上反射回来，将他自己投影在阅读的地平线上；作者自身，他的民族身份（identity），无可避免地要折射在他的游记里。

而从社会历史的见地去看，这些游记可以说从普通庶民的个人层面上，反映出那个时代中日两国，以及周边有关各国之间的关系，有助于我们正确地、具体地认识和理解那一段历史。

然而如果一味强调这样一种实用性的认识功能，则势必使游记萎缩成为单纯的历史资料。而其实，不言而喻，游记更应该是文学。虽然说学而时习之不亦乐乎，但我们的目的并不在于翻译教科书。出于这样的考虑，在卷帙繁多的游记文字中，我们将焦点聚集在了以著述为职业的文人们的作品上。此次移译的几部作品，其作者有小说家，有诗人，还有学者与报人，都是当世的巨擘俊逸，不惟才情过人，更兼见识出众，其思想、言说，都具有相当的代表性与影响力。而他们的文字，或隽永或犀利，很有可读性。

《禹域鸿爪》的作者内藤虎次郎，号湖南，1866 年生于日本东北部秋田县的一个武士家庭，1934 年去世。此人少时便有神童之誉，十五岁时，曾被选为学校代表，以汉文作了一篇“奉迎文”，欢迎当时的日皇明治，文辞华美，令满座震惊，被誉为“名文”。但因家境败落，学业难以为继，只得就读于免除学费的秋田师范学校。由于成绩优秀，按规定应学四年的课程，他仅用了两年便全部读完。毕业后，尽义务做了两年小学教员，还毕学费的债，他便“雄飞”到了东京，做过记者，当过政界人物的秘书，1897 年赴其时已沦为日本殖民地的台湾，任《台湾日报》主笔，后又在当时的媒体巨子《万朝报》和《朝日新闻》供职。1907 年成为京都帝国大学讲师，但因学历低，受到文部省官僚的排斥（据说当时的风气是，倘非大学毕业的学士，纵是孔老夫子也无资格去做大学教授），两年之后方被任命为教授。由于他和狩野直喜等几代学者的努力，京都大学终于成为日本汉学研究的圣地，在国际汉学界中也享有很高的声誉。湖南生前曾多次来华访游，而《禹域鸿爪记》①乃首次访华归国后写就，1900 年由东京博文馆出版。

内藤湖南于 1899 年 9 月 5 日从神户登舟，经芝罘入境，旋又买舟北上，在大沽登岸，游天津、北京后，折返天津取海路南下，在上海上陆后游览了杭州、苏州，再从上海溯江而上，游历了武汉、南京之后再度返回上海，泛海东归，于 11 月 29 日返抵神户，前后历时近三个月。在北京，他登览长城，在杭州，他泛舟西湖，在苏州则探访了虎丘、寒山寺，走的是典型的日本人所喜爱的旅游路线。但除了游山玩水，他还在天津、上海等地分

---

① 编者注：收入本丛书《禹域鸿爪》一书。

别拜会了严复、王修植、蒋国亮、文廷式、张元济等名流，谈天说地议论时局，表现出对中国现状的关心。

与内藤湖南相比，谷崎润一郎、佐藤春夫和芥川龙之介三人皆以小说名世，并各自有作品被译成中文介绍到中国来，因而在国人中的知名度似乎要高一些。

谷崎润一郎，1886 年生，东京人，1965 年去世。少时家境贫寒，几至辍学，但因才华过人，周围的亲朋怜惜有加，解囊资助，方得以考入东京帝国大学，但终因滞纳学费，三年级时被勒令退学。谷崎曾两度来华。第一次是在 1918 年 11 月，谷崎经由朝鲜半岛进入中国，由北向南，历时约两个月，游历了江南一带，回国后写下《苏州纪行》，表现出对中华文明的倾倒和对中国社会现实的关切。1926 年 1 月至 2 月间，谷崎再度来华，这次他只游览了上海一地，结识了内山完造，并经内山介绍，结交了郭沫若、田汉、欧阳予倩等一批作家和影剧界人士，与他们进行了多次交流，归国后写了《上海交游记》等文。值得一提的是，在《苏州纪行》中，对在中国人面前骄横傲慢的日本同胞，谷崎毫不犹豫地表示了不悦和批判，与同时代的一些作家相比，可说是难能可贵。而《上海交游记》也记录了郭沫若、田汉慷慨陈词、控诉西洋列强鱼肉中国、倾吐身为中国青年的忧虑与苦闷的场面，并对之表示了同情。

除了这些游记，中国之行还带给了谷崎创作灵感，结晶于《西湖之月》、《秦淮之夜》、《鹤唳》等一批作品之中。始终以罗曼蒂克的、充满温馨善意的目光审视中国，这是谷崎润一郎有别于他人的特征。

与绝大多数日本游客不同，佐藤春夫 1920 年 6 月下旬来华时，他的目的地不是京津、苏杭等观光热点，而是日本游客相对而言较少涉足的厦门。佐藤春夫是由当时业已沦为日本殖民地的台湾打狗（今高雄）乘船来到厦门的，由一位在厦门长大、在台湾工作、会说日文的郑姓青年导游，游历了厦门、鼓浪屿、集美、漳州等地。在佐藤的笔下，厦门客店里的经历宛似侦探小说，鹭江的晚霞美不胜收，而饮酒、赏月的夜生活也被描绘得引人入胜。一曲《开天冠》所引发的对中国传统音乐独辟蹊径的议论与阐释，则充分展示了作者诗人的一面。漳州之行的所见所闻，对陈炯明在漳州所作所为的介绍，虽然难免道听途说、管窥蠡测之虞，但仍有助于读者了解往往为近代史主流研究所忽视的一段史实。这些见闻均记录在《南方纪行》一书中，1922 年由新潮社出版于东京。

佐藤春夫 1892 年出生于和歌山县，庆应大学中退。

中学毕业后曾入盟由与谢野铁干、晶子夫妇领导的著名的“新诗社”，直接受到两位大诗人的熏陶。早年学写诗，后来则主要创作小说，但终生不曾放下诗歌创作的笔，《殉情诗集》是一时洛阳纸贵的名篇。他与谷崎润一郎本是朋友，过从甚密，但一来二往之间，却苦恋上了谷崎夫人千代子。1930 年 8 月，谷崎、千代子、佐藤三人联名致函各位友人，宣布千代子与谷崎离异，同相思了多年的佐藤结婚，这便是轰动一时的“谷崎让妻”事件。《南方纪行》中所收的《朱雨亭其人及其他》一文中所谓“与有夫之妇，且是朋友之妻的女人堕入情网”，说的便是此事。敢于做出这种当时被视为“不道德”的行为，可见三位当事人的不为传统道德观念所束缚的勇气。佐藤基本上不失为一个独立思考的自由知识分子，也很热爱中华文化，他还曾出版过一部很有影响的译诗集《车尘集》，译的全是中国古典诗歌。他也是鲁迅的小说《故乡》的第一位日文译者。但在战争期间，佐藤春夫还是表现出在作为文学家之前他首先是个“日本人”。他甚至写过类似“劝降书”的文章，劝告中国人放弃“先进文明同化后进文明”、历史会重演的幻想，说这次不同于以往，日本人乃是带来先进文明的征服者云云，为自己涂抹下了洗刷不掉的人生污点，而这也是那一时代大多数日本人难以逃脱的宿命。

周公恐惧流言日，王莽恭谦未篡时。想到这一点，不禁在感慨认知、评价历史人物困难的同时，也感到历史人物处于强大外力压迫下人生营为的不易；甚至会觉得像芥川龙之介那样以非自然的方式中断生命，从避免了要与自己祖国发动的侵略战争进行合作，从而逃脱了要面对后人道德断罪的尴尬这一角度来看，竟不失为一种至福。

芥川龙之介，号澄江堂主人、我鬼、夜来花庵主等，1892 年生于东京，1927 年服过量安眠药自杀。此人素有短篇圣手之誉，俳句也写得臻于化境；早在东京帝国大学英文科就读时，就以短篇小说《鼻子》获得文坛盟主夏目漱石的激赏，一生留下了大量珠玉之作。芥川于 1921 年作为《大阪每日新闻》（《每日新闻》的前身）社的海外视察员来华访问，由海路自上海入境，周游江南一带后，溯江而上，遍访芜湖、九江、武汉、长沙，再驱车北上，游历京津一带，最后经由朝鲜半岛回国。一部《中国游记》（改造社 1925 年出版于东京），记录了这次历时四个月的漫游中的见闻与感受，处处表露出作者的博学和睿智，以及对现实的敏锐洞察。最引人注目的，还是芥川对当时英美帝国主义在中国飞扬跋扈的揭露，而这在同时代的游记中，是少有具体言及的。

村松梢风可以说是以上海为卖点（selling point），赖写上海而赢得文名，并因写上海而为后世所记忆的作家。尽管他也写过不少小说，但其最著名的作品，恐怕还是以《魔都》为代表的一批描写上海各色人等的生活形态的游记。村松1889年生于静冈县，1961年去世。本名义一，梢风是他的号。1923年他第一次来上海旅行，即被上海的魅力吸引，从此几乎每年都要造访中国，发表了许多以中国大陆为舞台的散文和小说。他称光怪陆离、妖艳多姿的二十世纪二十年代的上海为“魔都”，并以此为题于1924年出版了第一部关于上海的著作，以充满好奇的目光观察赌徒、娼妇们的生态，强调东西文化大熔炉上海的异国情调。梢风描绘的上海形象影响、吸引了好几代日本人，他所杜撰的“魔都”一词，在日本遂成为旧时代上海的代称。梢风还出版过《新中国访问记》（1929）、《热河风景》（1933）、《中国风物记》（1941）等多部访华游记。

在这些出自日本人之手的游记作品中，我们会读到一个有趣的现象，即作者们在众口一词地对中国的传统文明、文化遗产表现出莫大的倾倒与敬佩的同时，又几乎无一例外地对中国的社会现实投以批判的眼光，甚至露骨地表露出厌恶，言辞有的还会相当尖刻。这类厌恶与尖刻的深层，固然不无挤入列强之列、做上了“一等国”人民的日本人日益膨胀的民族优越感，以及产生于这种优越感的对邻人的不逊与轻侮——而这其实正是我们的历史学家们每每爱说的“一小撮军国主义分子”“狼子野心”能够得逞的群众基础。倘使罗马帝国里只有恺撒等“一小撮人”是帝国主义分子的话，则那个庞大的罗马帝国恐怕根本就不可能在历史上出现。但平心而论，当时的中国鬼蜮横行，腐败成灾，饿殍遍野，民不聊生，差不多已经到了穷途末日，原是有目共睹的事实，不论这双目是生于华胄的脸上，还是长在夷狄的额下，也不论其眸子是黑色的还是蓝色的，抑或是别的什么颜色。记得从前读郁达夫先生的游记，其中也有这样的文字：“江南的风景，处处可爱；江南的人事，事事堪哀。”“江南原说是鱼米之乡，但可怜的老百姓们，也一并的作了那些武装同志们的鱼米了。”“这十余年中间，军阀对他们的征收剥夺，掳掠奸淫，从头细算起来，哪里还算得明白？”“逝者如斯，将来者且更不堪设想，你们且看看政府中什么局长什么局长的任命，一般物价的同潮也似的怒升，和印花税地税杂税等名目的增设等，就也可以知其大概了。”这篇题为《感伤的行旅》，作于1928 年底，即芥川来游的八年之后，梢风访沪的五年之后。“这十余年中间”云云，可知达夫先生所意识的中国现实，应与梢风、芥川等人所目睹的现实相交叠。而深谙国情的达夫先生在发完牢骚之后，也没忘记自我解嘲两句：“啊啊，圣明天子的朝廷大事，你这贱民哪有左右容喙的权利！”然而解嘲归解嘲，面对这样黑暗污秽、腐朽透顶的现实，作为身受其害的当事人，我们中国人自然无法视若无睹，甚至琢磨着要用革命这一最激烈最暴力的手段去改变它——芥川龙之介来华的 1921 年，正是中国共产党在上海宣告诞生的那一年——莫非我们反倒真的要求外国人“且细赏赏这车窗外面的迷人秋景罢，人家瓦上的浓霜去管它作甚？”（《感伤的旅行》）甚至还要人家来为这黑暗的现实跌足叫好方才心满意足么？ 这样的心态岂不荒谬可笑？

最后还有一点需要在此略加说明。我们的译本中所用的“中国”一词，原文中几乎无一例外统统写的是“支那”。我们认为，中文里从来不曾有过“支那”一词，因为它不是中文，故此需要翻译。日本用“支那”作为正式名称称呼中国，当始于 1911 年辛亥革命成功、中华民国建立之后。在此之前则称中国为“清”、“清国”。至于非正式地称中国人为“支那人”，则要更早一些。由于日本同中国一样，也使用汉字，所以中国的国号可以直接以汉字名称通，如“唐、宋、元、明”。何以到了“中华民国”时，日本一改以往直接使用汉字原名的习惯做法，别出心裁地要另外替中国取名“支那”（甚至在外交文书中，当时的日本政府也称中国为“大支那共和国”，而不用中国自己的汉字国号）呢？这恐怕是因为此时自以为国力已足够强大的日本，无法容忍中国继续妄自尊大，自命为世界中心之国的缘故。而“支那”一词，乃是模拟西文的译音。如英文的China，法文的Chine，德文的China，意大利文的Cina，西班牙文的China之类，据说原是中国古称“秦”的讹音。盖国与国的交往一如人与人的交往，尊重对方应是礼尚往来的前提。而以对方自己为自己所取的名字呼称对方，则是最起码的礼貌。倘若对方自名“张三”，而我们偏偏不称他“张三”，而是蛮横地硬呼之为“李四”，甚至“王八”，那么显然是有意污辱对方，毫无友好交往的诚意。而当时的日本官方，无疑是缺乏与中国友好往来的诚意的。至于连普通的日本百姓也人人称中国为“支那”，则只能说明“广大的日本人民”在这一点上也是不假思索地响应了政府的政策了的。当然，应当庆幸这一切都已经变成了历史。但不可不注意的是，时至今日，在日本仍然有那么“一小撮人”，犹自坚持以“支那”称呼中国。而日语中东中国海（East China Sea）、南中国海（South China Sea）的正式名称仍然为“东支那海”和“南支那海”，只是不再使用“支那”这两个汉字，改以片假名代替而已。我们愿意能有更多的国人正确地认知这一事实。

作为译者，我们希望我们的译作能够为我们中国人正确地认识自己提供一点线索。同时也希望，它们能够为真正的理性的中日友好做出微薄的贡献。但我们最希望的，还在于能够为诸位读者在劬劳之余，带来阅读的乐趣。

1998 年 10 月于呷奔国暗疏乡

自序

《中国游记》一卷，毕竟是上天加惠于我（抑或说是降灾于我）的 Journalist① 才能的产物。我受命于大阪每日新闻社，自大正十年②三月下旬至同年七月下旬，一百二十余日间遍历上海、南京、九江、汉口、长沙、洛阳、北京、大同、天津等地。返抵日本后，一日一回执笔写下了《上海游记》与《江南游记》。《长江游记》亦系继《江南游记》后一日一篇执笔写作而未得完成的作品。《北京日记抄》则非每日一篇，记得好像是于两日之内写就全篇的。《杂信一束》大抵是将写在明信片上的东西原封不动地收了进来。不过我的记者才能在这些通信中亦如电光一般闪烁——至少是戏剧舞台上的电光一般，这一点应是确乎无疑的。

大正十四年十月

---

① 译者注：Journalist，英文，意为“记者、报人”。（如无特殊说明，以下均为译者注。）

② 大正十年，即西历 1921 年。

上海游记

一　海　　上

就在即将启程离开东京的当日，长野草风氏[①]前来话别。原来长野氏也打算半个月后动身赴中国旅行。其时，长野氏好意地将一道晕船药传授给了我。可是自门司[②]买舟，只需二昼夜甚至更短，即可径抵上海。充其量无非两昼夜的航海罢了，便要带上晕船药之类，长野氏的怯懦亦可知也。——作如是思的我，在三月二十一日[③]午后登上筑后号的舷梯时，望着风雨中波澜起伏的港湾，再次怜悯起长野草风画伯的恐海症来。

然而轻侮故友即遇天罚。船刚一驶至玄海[④]，眼见着

---

① 长野守敬(1885—1949)，号草风，日本画家，曾于1923年、1925年两度来华。

② 门司，福冈县一港市，今为北九州市。

③ 实际上的登船日期应为三月二十九日。

④ 玄海，即玄海滩，指福冈县西北方海域。

海面就恣肆暴虐起来。我与同舱的马杉君坐在最高层甲板的藤椅上，撞击在舷边的浪沫，不时劈头盖脸地浇将下来。大海自然是变成了浑白一片，轰轰隆隆，兜底朝天地翻腾上来。远处隐约浮现出岛屿的影子，原来却是九州本土。只见惯于乘船的马杉君怡然地吞云吐雾，全无不适的神色。我将外套领子竖起，双手插在口袋里，不时含上几粒仁丹。——要之，心里由衷地佩服长野草风氏：备下晕船之药，实在是贤明之举。

曾几何时，身旁的马杉君去了酒吧或是何处。我依旧悠悠自得地靠在藤椅上。在旁人看来是一副悠悠自得的架势，而其实我脑中的不安却远不是那么回事。只要身体稍微一动，便头晕目眩，并且胃囊之内似乎也不稳妥起来。眼前一位船员不停地在甲板上来回踱步，后来才得知，他其实也是一位可怜的晕船病患者。那眼花缭乱的徘徊，令我特别地不快。此时远方的浪涛之中，一艘拖网渔船喷吐着细细的烟，几乎将船身淹没，惊险万分地行进着。究竟有何必要非在滔天巨浪中航行？这艘船当时也是令我怨愤不已的家伙。

因此我一心一意地去思考愉快的事，以期忘却眼下的痛苦。孩子、花草、涡型福字纹钵①、日本阿尔卑斯②、

① 芥川的确收藏有这样一只钵。

② 日本阿尔卑斯，本州中部的山脉，由英国人高兰德仿照欧洲的阿尔卑斯山脉命名。

初代彭她[①]……其他尚有什么就记不清了。对对，还有好像是瓦格纳[②]年轻时，乘船横渡英吉利海峡，遇上过疯狂的暴风雨。而当时的经验，在日后写作《佛里根德·何尔兰德尔》[③]时，发挥了重大作用。如此等等，浮想联翩，而脑袋却益发飘飘忽忽起来，腹内依旧倒海翻江。最后终于忍不住咒道：什么瓦格纳砖格纳的，统统喂狗去吧！

约莫过了十来分钟，躺倒在铺位上的我的耳中，传来了杯盘刀叉之类一齐从餐桌上滚落到地板上去的声响。然而我煞费苦心地强忍着，固执地不让胃里的东西夺口喷出来。当时之所以能够那等英勇，乃是因为担心染此晕船病的，或许仅为自己一人而已的缘故。虚荣这玩意儿，在这种时候，出人意料地似乎竟可以取代武士道的功用。

然而到了翌晨，至少一等船客中，听说由于晕船，除了一位美利坚人外，竟无一人光顾餐厅。而且，那位非同凡响的美利坚人饭后还独自一人坐在轮船的客厅里打字。听到这话，我陡然心情舒畅起来。同时又觉得那美利坚人仿佛是个怪物。事实上，遭遇如此的惊涛骇浪而泰然自若，实非凡胎肉体之所能。那位美利坚人倘去做体格检

---

① 初代彭她，明治（1868—1912）末期的名妓，美貌善舞。

② 理查德·瓦格纳（Richard Wagner，1813—1883），德国作曲家。

③ 《佛里根德·何尔兰德尔》（Der fliegende Holländer），即瓦格纳的歌剧《漫泊的荷兰人》。

查，没准会发现生有三十九颗牙齿，或是长着条小小尾巴，诸如此类意外的事实亦未可知。——我照旧与马杉君半躺在甲板的藤椅上，漫无边际地胡思乱想。大海却似乎将昨日的暴戾忘却得一干二净，郁郁苍苍平静如镜的右舷边，济州岛的影子遥遥在望。

二　第一瞥(上)

刚一步出码头，突如其来地，好几十个黄包车夫便将我们包围了。所谓“我们”指的是报社的村田君①、友住君②、国际通讯社的钟斯君③和我四人。说来车夫一词给日本人的印象绝非邋遢的模样。其气宇轩昂，不无江户④气派，令人频生好感。然而中国的车夫，即便说他是不洁的化身，也不为夸张。而且乍一看去，人人长得奇模怪样，这样的家伙前后左右团团围上来，伸出形形色色的脑袋，大声地吼着什么，刚刚上岸的日本妇人之类，自然显得颇为惊惶。就连我自己，在被其中一人扯住袖子时，竟也不由自主地差点儿退却到人高马大的钟

① 村田孜郎，号乌江，大阪每日新闻社驻沪记者。

② 未详，当为大阪每日新闻社记者。

③ 时任路透社驻沪记者，在东京任上与芥川曾有交往。

④ 江户，东京旧称。

斯君背后去。

我们在冲破这黄包车夫的包围之后，终于变成了马车的乘客。谁知马车刚一启动，那马便冒冒失失地一头撞上了街角的砖墙。年轻的中国驭者怒气冲天，噼噼啪啪地猛揍马儿。那马鼻子抵在墙上，徒然地抖动着屁股。马车自不待言几将倾覆。大街上迅速挤满了围观者。看来在上海倘无决死的气概，甚至连马车也坐它不得。

俄顷，马车再次启动，驶抵架有铁桥的河边。河面上中国式的驳船密集如云，连河水都看不见。河沿上好几辆绿色的电车平稳地滑动。举目四下里望去，全是三四层的红砖建筑①。柏油大道上，西洋人与中国人过往匆匆。而这万国民众，却在头裹红巾的印度巡捕指挥下，规规矩矩地为马车让出路来。交通治理得井然有序，任如何以偏袒的眼光去看，也远非东京、大阪之类日本都会所能比拟。被黄包车夫和马车的勇猛弄得不无惊悸的我，望着这晴朗的景色，心情逐渐欢畅起来。

未几，马车停在了昔日金玉均②遭暗杀的、唤作东亚

---

① 三四层楼房，在当时的日本颇少见，只有东京的银座之类繁华街区可见到。红砖建筑在木屋为主的日本更是维新后的新事物，具有象征先进文明的意义。

② 金玉均(1851—1894)，朝鲜李朝末期政治家。因亲日立场受批判曾亡命日本，后在上海遭暗杀。

洋行[①]的宾馆前。于是率先下车的村田君给了驭手几文钱。可是，驭手似嫌不足，轻易不将伸出的手缩回去，并且口角飞沫，喋喋不休地申诉着什么。然而村田君却充耳不闻，管自拾级而上，直奔大门。钟斯、友住二君也毫不理会驭手的雄辩。我颇为这个中国人感到歉疚。不过，心想也许在上海流行这做派，于是也跟随其后匆匆走入门内。回头一望，驭手却似乎什么也不曾发生过似的，恬然坐在驭手座上。既然如此，又何必那般大嚷大闹呢。

我们立刻被领到一间微暗却装潢得花里胡哨、阴阳怪气的客厅。果不其然，这种地方即便不是金玉均，不知何时也会吃上一粒窗外射来的手枪子弹亦未可知。我正暗地里这么胡思乱想时，身着洋服、雄赳赳的老板，足趿啪啪作响的拖鞋，急匆匆地走将进来。据村田君说，将这家宾馆定作下榻之处，原是出自大阪报社泽村君[②]设计的方案。然而这位精悍的老板大约是以为借宿与芥川龙之介，倘遭暗杀，颇不合算，于是便称除了正门前的房间外，别无空房。走到那个房间一看，床不知何故竟有两张，而且墙壁发黑，窗帘陈旧，连椅子也没有一把像样的——要

---

① 东亚洋行，日本人经营的旅馆，位于四川北路。

② 泽村幸夫，大阪每日新闻社职员，后做过驻沪记者。

之，倘不是金玉均的亡灵，绝非可安居之所。于是无奈，泽村君的厚意只得化为乌有，在与其他三位商量后，移师至距此处不远的万岁馆①。

三　第一瞥(中)

是晚，我与钟斯君一道去一家名叫谢法德②的餐馆用餐。这里的墙壁也罢餐桌也罢，还算赏心悦目。跑堂的悉数为中国人，而左近的就餐客人中却不见一张黄色的面孔。菜肴比起邮船会社③的船上来，也至少要高级三成。我有钟斯君做伴，“噎死”（Yes）、“闹”（No）地说着英语，心情多多少少变得愉快起来。

钟斯君悠然地吞食着南京米④做的咖喱饭，一面叙述别后的情形。其中有这么一段故事，说是某日晚上钟斯君——名后加上“君”字，便到底缺了朋友的感觉。他本是英吉利人，在日本前后住过五年。我于这五年之间（虽然吵过一次架）始终与他过从亲密。我们一起去站席看过

① 万岁馆，主要接待日本人的旅馆，位于西华德路（今东长治路）。

② 谢法德，即英文 shepherd（牧羊人）的音译。

③ 日本邮船株式会社，成立于明治十八年（1885 年），当时是日本最大的远洋海运公司。

④ 南京米，指中国产、黏质较弱的籼米。

歌舞伎，一起在镰仓海边游过泳，也曾几乎彻夜在上野的青楼里杯盘狼藉。那时他身穿久米正雄[①]唯一一套做客穿的和服，猛然跃入旁边的池塘里。对于他而称君，首先便是对他不起，附带再说明一句，我之与他亲密往来，乃是他的日语高明的缘故，并非因为我英语说得高明。——说是某日晚间钟斯君去某处的咖啡馆喝酒，店里只有一名日本女招待，呆呆地坐在椅子上。此君平素一直像口头禅一般，口口声声嚷着说中国是他的喜好（hobby），而日本是他的酷爱（passion）。尤其当时是迁居上海不久，一定更是分外地怀念在日本度过的时光。“什么时候来到上海的？”“昨天刚到。”“那么不想回日本吗？”女招待被他这么一说，猝然眼泪汪汪地答道：“好想回去哇。”钟斯在英语句子中穿插进“好想回去哇”，还重复了一遍。随后微微一笑。“连我听她这么一说，也变得 awfully sentimental[②] 起来。”

用毕晚餐，我们在热闹的四马路散步。然后前往咖啡巴黎将[③]去觇窥一下跳舞。

舞池相当宽敞。然而伴着管弦乐队的乐声，电灯光

---

① 久米正雄(1891—1952)，小说家，剧作家。芥川的同学、好友。

② awfully sentimental，英语甚为感伤意。

③ 咖啡巴黎将，法文 Café Parisien 的译音，意即巴黎人咖啡厅。

线忽红忽绿，变幻着色彩，这一点却酷似浅草[①]。只是管弦乐队的巧拙，则浅草根本不在话下了。尽管这里是上海，但毕竟是西洋人的舞厅。

我们坐在角落里的桌子旁，一面啜着茴香酒，一面观赏一袭红衣裹身的菲律宾少女和身着洋服的美利坚青年欢快地联袂起舞。记得是惠特曼还是谁的短诗里说，年轻男女固然美，而上了年纪的男女的美则别有一番韵味。我一视同仁，当一对肥胖的英吉利老夫妇舞至近前时，便不由得浮想起这诗来，觉得言之有理。可是告诉了钟斯后，我这特特的浩叹，却被他付之嘻嘻一哂。据说他看到老夫妇跳舞，不问其肥胖还是瘠瘦，总也难禁喷笑的诱惑。

四 第一瞥(下)

走出咖啡巴黎将时，宽广的大街上行人已稀。拿出表来一看，才刚刚过了十一点不久。上海这座城市出乎意料地早睡。

然而那令人生畏的黄包车夫，却依然有好些在街头游荡。而且他们只要看到我们，必定要吆喝声什么。白

---

① 浅草，东京地名，集中了多家面向普通市民的娱乐场所。

天我跟村田君学了一句中国话："不要！"不要自然就是用不着的意思。所以我但见到黄包车夫，立即便像念咒驱魔似的，连呼"不要不要"。这是自我口中发出的值得纪念的第一句中国话。我是何等欣欣然地将这句话抛向黄包车夫们，个中消息读者倘不理解，那他一定从未有过学习外语的经验。

我们靴声大作，走过寂静的街道。那街道左右两侧，三四层的红砖高楼几乎遮蔽了满天星斗。忽然街灯的光亮，凸现出写有笔画粗犷的"当"字的当铺白壁。有时走过头顶上方荡着女医生如何如何的招牌的人行道，有时又走过贴着南洋烟草招贴的白灰斑驳的墙壁。可是走了很久，却总也到不了下榻的旅馆，而大约是茴香酒作祟，喉咙变得干不可耐。

"喂，有什么地方好喝上一杯？我渴得要死。"

"前边就有一家咖啡馆。再忍它一忍。"

这家咖啡馆看来远较咖啡巴黎将之类低档。涂成粉红的墙边，梳着分头的中国少年，在敲击着一架大钢琴。而咖啡馆的中央，三四个英吉利水兵，与面颊抹得通红的女人们捉对跳着吊儿郎当的舞。最后在入口处玻璃门旁，一个叫卖玫瑰花的中国老妇人，在吃过我的"不要"之后，茫然地眺望着舞蹈。我觉得仿佛是在观看一份绘图小报上的插画，画的标题当然就叫作"上海"。

正在这时，从门外吵吵嚷嚷地又闯进来了五六个水兵。此刻最倒霉的，要数立在门边的老妇人了。醉醺醺的水兵们粗暴地排闼而入时，老妇人挎在手臂上的花篮被撞翻在地。然而那帮水兵却毫不理会，早已与正跳着舞的同伙们一起，疯狂地乱舞起来。老妇人口中嘟囔着什么，弯腰去拾落在地板上的玫瑰。然而拾着拾着，这些花却已被水兵们的军靴碾为齑粉……

“咱们走吧。”

钟斯似乎有点儿畏葸，无言地抬起庞大的身躯。

“走吧。”

我也立即站起身来。我们的脚下，玫瑰点点斑斑散了一地。我一面移步向门，一面想起了杜米埃[①]的画。

“唉，人生哪。”

钟斯向老妇人的篮子里扔了一枚银币，扭头问我：

“人生怎么啦？”

“人生便是撒满玫瑰花的路嘛。”

我们走出咖啡馆。门外照例停着几辆黄包车，等待客人。车夫一看见我们，便从四面争先恐后蜂拥而上。黄包车夫自然“不要”。可此时我发现除了他们之外，另有一位劲敌盯了上来。在我们身旁，不知何时那个卖花老妇絮

① 奥诺雷·杜米埃(Honoré Daumier,1808—1874),法国讽刺漫画家。

絮叨叨地申诉着什么，乞丐似的伸着手。看来老妇人在得到银币之后，似乎还打算让我们的钱包再次大张海口。我怜悯起被这贪得无厌的人所叫卖的、美丽的玫瑰花来。这位厚颜的老妇人和白天乘坐的马车的驭手——当然这并非上海首日见闻的全部，但令人遗憾的是，这又的的确确是我在中国的第一瞥。

五　医　院

翌日起，我躺倒了。而且又过了一日后，住进了里见先生的医院。病名据说是干性肋膜炎。既然患上了肋膜炎，纵是特特筹划的访华，也只得暂且宣告中止亦未可知。想到此，大觉心虚。我迅速致电大阪的报社，汇报住院的消息。于是报社的薄田氏[①]回电道：“安心静养。”话虽如此，倘若在医院里住上它一两个月，报社方面肯定也很为难。接获薄田氏的回电，我虽然暂时放下了心，但一考虑到游记写作的任务，仍不由得心虚不已。

所幸在上海，除去报社的村田君、友住君外，还有钟斯和西村贞吉[②]等几位学生时代的友人。这些友人不顾繁

---

① 薄田淳介(1877—1945)，诗人，号泣董。时为大阪每日新闻社学艺部长。

② 西村贞吉，芥川在东京府立第三中学时代的同学。

忙之身，始终前来探视。而且我多少负着作家云云的虚名，托其福每每有些素昧平生的客人送来鲜花水果之类。眼下枕头边这不就陡然摞满了饼干罐子，颇难处置。(而这时前来济困扶危的，依然是我所敬爱的诸位贤友知己。诸君在我这病人看来，人人健啖得不可思议。)不唯辱承惠赐，最初素不相识的客人里，一来二往之间竟有二三人成了无所不言的知交。俳人四十起君[①]即为其中一人，石黑政吉君也是一位，还有上海东方通信社的波多博君。

然而三十七度五分的热度却轻易不肯退去。由此看来，不安依旧是不安，每每青天白日的，竟会突兀地害怕起死来，坐卧不宁。我一心要摆脱这神经作用的作祟，白天将满铁井川氏[②]及钟斯好意借我的二十来册洋文书籍，逐一读破。拉·莫特[③]的短篇，蒂金斯[④]的诗，翟理斯[⑤]的

---

① 岛津长次郎(1871—1948)，俳号四十起。1900 年来沪，直至日本战败投降。其间业余从事俳句创作，但芥川在致友人函中却称他“既不懂俳句也不懂和歌”。

② 井川氏，芥川一高时的挚友井川(后入赘恒藤家，随妻姓)恭之兄，时在南满州铁道株式会社(满铁)工作。

③ 弗里德里希·拉·莫特·福凯(Friedrich de la Motte Fouqué，1777—1843)，法裔德国浪漫派诗人。

④ 蒂金斯(Eunice Tietjens，1884—1944)，芝加哥出身的美国女诗人，曾在中国生活两年，代表作为诗集《中国侧影》(*Profiles from China*，1917)。

⑤ 翟理斯(Herbert Allen Giles，1845—1935)，英国外交官，汉学家。

评论，都是这一时期读的。而夜里——此事连里见大夫也不得而知，我因为过于担心不眠，每晚坚持不懈大吞安眠药。即便如此还是常常在天明之前就会醒来，百般无奈。好像是王次回[①]的《疑雨集》中有“药饵无征怪梦频”之句。这并非诗人有疾，而是咏叹其细君重病的诗，但是用来吟咏当时的我，可谓字字不虚。“药饵无征怪梦频”，我躺在床上，口中不知将这句子吟了多少遍。

其间，春天毫不留情地迅速老了去。西村说起了龙华的桃花。蒙古风运来满天的黄尘，遮云蔽日。似乎已经到了游览苏杭最好的季候。里见大夫隔日给我注射一针碘化钾。我却左思右想，何日才能从病床上起来？

（追记） 住院期间的事，倘要写，也许还有许许多多可写。因与上海似无太大干涉，姑且付阙。但有一点想补充，那就是里见大夫还是位新倾向的俳人。顺便举其近诗一例：

且加炭，围炉闲话胎动。

六　城内(上)

去上海城内一游，系由俳人四十起氏引道。那是云暗

① 王次回，即王彦泓(1593—1642)，字次回，明诗人，金坛人，诗多艳体。

天低的下午。马车载着二人，沿着熙攘的街道，纵蹄直奔。两旁有满堂高悬紫砂色烤鸡的店铺，有令人生畏地陈列着形形色色煤油吊灯的商号。既有精致的银器光芒灿烂、富丽堂皇的银楼，也有“太白遗风”的招牌已然陈旧、模样寒酸的酒栈。我正欣赏着中国式的铺面陈设，马车跑上宽阔的大街，猛然放缓了速度，钻入了对面的一条小巷。据四十起氏说，从前这条宽阔的大街上，曾经矗立着城墙。

下了马车，我们随即又拐进了细细的横街。与其说横街，或许应称之为小弄堂方更恰当。窄窄的小径两侧，鳞次栉比排列着众多的小店，有卖麻将用品的，有卖紫檀器具的。狭仄拥挤的屋檐下，遮天蔽日地吊满了无数的招牌。人来人往，摩肩接踵。正窥觇着店头陈列的廉价印石，不留神便撞上了什么人。而且那些令人眼花缭乱的行人，大抵是中国的平民。我尾随着四十起氏，几乎是目不斜视，战战兢兢地踏着路石前行。

顺着小弄堂走到尽头，便望见了传说中每有见闻的湖心亭。湖心亭听上去似乎很堂皇，其实却是个倾圮在即、荒废之至的茶楼。而且看看亭外的水池，也浮着苍苍的水藻，以至辨认不出池水的颜色。水池的四周有石砖垒成的稀奇古怪的栏杆。恰好在我们走到池边时，经过一位身穿淡青布衫、辫子长长的中国人。这里稍微提一句，依菊池宽[①]之说，我屡屡在小说里使用诸如“后架”[②]之类下等的词汇，并说是因为爱作俳句，自然而然受了芜村[③]的马粪、芭蕉[④]的马尿感化的缘故。我固然并非不欲倾听菊池宽之说。然而事涉中国游记，倘不时时突破礼节，则不可能有泼辣的描写。倘以为是胡言，无论何人，试请他来写写看便知。言归正传。那位中国人悠悠地冲着水池撒起小便来。管他陈树藩[⑤]扯旗反叛也罢，风靡一时的白话诗低迷不振也罢，日英续盟论[⑥]甚嚣尘上也罢，如此种种于这位男子而言，一定全然不成其为问题。至少这位男子的态度和表情里有一种令人作如是思的闲适。阴霾之下高高耸立的中国式亭子，下陈一湾病态的绿色水池，以及斜斜地注入这池中的隆隆的一条小便——这不单单是一幅忧郁可爱的风景画，同时又是我们老大之国辛辣可怖的象征。我痴痴地望着这位中国男子，凝视良久。然而不巧的是，似乎在四十起氏看来，这也算不得值得感慨的、新奇的

---

① 菊池宽(1888—1948)，小说家、剧作家。

② 后架，日文，意为厕所。

③ 与谢芜村(1716—1783)，江户中期的俳人，画家。

④ 松尾芭蕉(1644—1694)，江户前期的大俳人。

⑤ 疑指陈炯明。

⑥ 日英两国曾于1901年缔结同盟，维护其在中国的利益，1922年被废除。此处指主张继续维持同盟的见解。

景致。

“请看这儿，这路石上流着的，这些全是小便哟。”

四十起氏面露苦笑，三步并作两步，拐过池边去了。如此说来，果不其然空气之中洋溢着一股郁闷的尿臭。刚一感觉到这尿臭，魔术旋即破败了。湖心亭到底是湖心亭，而小便毕竟是小便。我踮起鞋尖，匆匆地追随四十起氏而去，哪得闲沉醉于荒唐的嗟叹。

七　城内(中)

然后往前走了几步，路旁坐着一个盲目的老乞丐。本来所谓乞丐，原是一个罗曼蒂克的存在。何谓浪漫主义？这是个争论不休的问题。但至少其特色之一，似乎在于永远憧憬着诸如中世纪、幽灵、非洲梦，或是女人的道理之类不可知的某种东西。由此看来，乞丐要比公司里的白领阶层来得罗曼蒂克，应是理所当然。然而中国的乞丐，其不可知则远不只一种两种而已。或是躺在雨水霖霖的大道旁，或是只着一身旧报纸为衣，或是舐着腐烂如石榴般的膝头——要之，罗曼蒂克得令人不无惶惑。读中国的小说，颇多浪子与神仙变化为乞丐的故事，那是由中国的乞丐自然而然地发达起来的浪漫主义。日本的乞丐不具备中国式的超自然的不洁，故而产生不出那类故事来，充其量不过是向将军家的坐轿放放火绳枪，或是邀请柳里恭①到深山之中喝杯茶水之类，便算是极尽能事了。这话拉扯得太远了。这位盲人老乞丐的模样，也活脱是赤脚大仙或铁拐仙人幻化的。尤其是他身前的路石上，只见用白墨整齐地书写着他那凄惨的身世，字与我相比似乎也要漂亮几分。我心中忖道，究竟是谁，为这乞丐代书身世？

走到前面的小弄堂，这下又排列着多家古董行。家家店内千篇一律地杂然充斥着铜香炉、陶土马、景泰蓝、龙头瓶、玉文镇、螺钿橱、大理石砚屏、剥制的雉鸡、令人提心吊胆的仇英②之类，口衔水烟袋、身着中式服的店主人，悠闲自适地等待着客人上门。我顺便逛了一下，就算是五成谎价，价钱仍不能说特别便宜。此话是回到日本后香取秀真③氏取笑我时说的：要买古董，与其去中国，未若到东京的日本桥仲大街去徜徉为佳。

穿过林立的古董行，来到一座大庙前。这便是在彩色明信片上早已熟识的、名闻遐迩的城隍庙。庙里香客络绎不绝地前来叩头。当然，那烧香的，还有那烧纸钱的，人

---

① 柳泽淇园(1706—1758)，名里恭，字公美，江户中期的文人画家。昔日的日本文人每每将姓按中文的习惯去读，如此处将“柳泽”缩为“柳”。

② “令人提心吊胆”云云，是说仇英的画乃赝品。

③ 香取秀真(1874—1954)，名秀治郎，歌人，工艺家。与芥川同住东京田端，有交往。

数之多也超乎想象。大约得怪那烟熏火燎吧，梁间的匾额、柱上的对联，悉皆异样地油光锃亮。尚未遭熏黑的东西，兴许就只有那从天棚上垂下来的金银二色的纸钱与螺旋状的线香了吧。单单是这些，就已然如同方才的乞丐一般，足以让我联想起昔日曾经读过的中国小说了。更何况那左右两排雁翅儿一般坐着的大概是判官像，抑或是端坐在正面的大概是城隍像，简直就与看着《聊斋志异》啦《新齐谐》啦一类书的插图一般无二。我大为敬服，置四十起氏的困惑于不顾，流连久久，不肯离去。

八　城内(下)

此事如今已毋庸多言：在鬼狐传奇宏富的中国小说里，自城隍起，其麾下杂役如判官鬼隶，亦皆不得闲。这边厢城隍为在庑下借宿一夜的书生辟启运遇，那边厢判官便把扰害街坊的贼人吓得一命归西。——如此说来似乎尽是好事了，却又听说还有那只消供上一盘狗肉便会为恶人帮凶的贼城隍，而因穷追有夫之妇而遭到报应、被折了手臂砍了脑袋、将丑态公之于天下的判官鬼隶，也为数不少。仅仅靠书本知识，总不免有难于理解的地方，就是说情节尽管能够领会，却毫无真情实感。这正是令人徒唤无奈之处。而今亲眼得睹这城隍庙，便觉得无论中国的小说写得何等荒唐无稽，其想象得以产生的因缘，则一一可以肯首。像那位红脸判官，也许真会仿效恶少的行径亦未可知。而那位美髯的城隍，似乎也很适合在威风凛凛的卤簿仪仗拥卫下，飞升夜空巡游。

如此胡思乱想之后，我与四十起氏一道逛了逛设在庙前的形形色色的货摊。有卖袜子的、卖玩具的、卖甘蔗的、卖贝壳制的纽扣的、卖手巾的、卖花生的……此外还有许多脏兮兮的食品摊儿。当然这里的游人之多，则与日本的庙会无异。迎面刚走来一个身穿华丽的条纹西服、佩紫水晶领带夹的时髦的中国人，背后又上来一位手腕上带着银手镯、缠足的小鞋只有两三寸的旧式妇人。《金瓶梅》中的陈敬济，《品花宝鉴》里的奚十一——如此众多的人群中，没准就有这般豪杰。然而诸如杜甫，诸如岳飞，抑或王阳明、诸葛亮似的人物，则踪影也无。换言之，当代的中国，并非诗文中所描绘的中国，而是猥亵、残酷、贪婪的，小说中所刻画的中国。欣赏陶瓷的亭台、睡莲、刺绣花鸟的廉价的伪东方主义，便是在西洋也逐渐不再时兴。除却《文章轨范》与《唐诗选》，便不知道别有中国存在的汉学趣味，在日本也大可以休矣。

接着我们掉转头来，从刚才那座坐落于池畔的大茶楼边走过。伽蓝似的茶馆里，顾客并不拥挤。可是，正欲入内时，云雀、绣眼儿、文鸟、鹦哥——满天下的小鸟的啼声，犹如肉眼看不见的骤雨一般，一齐向我的耳朵袭来。定睛望去，微暗的梁头上，吊满了鸟笼。中国人的爱鸟，我并非时至今日才知道。但是如此将鸟笼排列成阵，如此以鸟的鸣叫声一决胜负，却是做梦也不曾想到的事实。身临此境，甭说爱怜鸟鸣了，首先我就不得不慌忙塞起两只耳朵，以免鼓膜被震破。我逃命也似的一面催促四十起氏，一面拔步便从这充满刺耳叫声的、令人毛骨悚然的茶馆飞奔而出。

然而小鸟的啼声，并非仅限于茶馆之内。我好不容易逃出茶馆，可从狭窄的街道两侧并排悬挂着的众多鸟笼中，鸣啭声片刻不停地倾泻下来。不过，这可不是闲汉们为了取乐而让它们啼叫的。那比邻相连的，全是专售小鸟的店家（说实话，我至今仍未弄明白那些究竟是鸟店还是鸟笼店）。

“稍等片刻，我去买只鸟儿来。”

四十起氏对我说着，走进了其中的一家。往前稍走几步，那儿有一家油漆涂壁的照相馆。我在等待四十起氏的时候，端详着橱窗正中放着的梅兰芳的照片，一面想象着等候四十起氏归来的孩子们。

九　戏台(上)

在上海，仅有过两三次观赏戏剧的机会。我之成为速成的戏通，乃是去了北京之后的事。然而在上海看过的演员中，武生有名重一时的盖叫天，花旦则有绿牡丹、筱翠花等，总之都是当代的名伶。不过，在说论演员之前，倘不先介绍戏园子的光景，恐怕读者不清楚中国的戏剧究竟为何物，难以彼此沟通。

我所去过的戏院中，有一家号天蟾舞台。这是一座新建的白色三层建筑。其二楼三楼为半圆形，装有黄铜制的栏杆，不待言，这一定是对当代流行的西洋风格的模仿。天顶上吊着三盏辉煌的大电灯。观众席里铺着地砖，上面排列着藤椅。然而既然是在中国，哪怕是藤椅也不可掉以轻心。曾几何时，我与村田君往这藤椅上一坐，便被畏惧已久的臭虫在手腕上叮上了两三处。不过在观戏过程中，大体没感到有什么不快，称之为整洁亦无碍。

舞台两侧各悬着一只大时钟（不过其中一只停了）。下面则是香烟广告，铺陈着浓艳的色彩。舞台上方的横楣上，白石灰雕塑的牡丹与叶形装饰中，大书着“天声人语”四字。舞台也许要比有乐座[①]宽敞。这里已经有了西洋式的脚灯照明装置，而帷幕——说起帷幕，在区别一场戏与另一场戏时，全然不用帷幕，却在更换背景时，毋宁

① 有乐座，明治四十一年(1908 年)建于东京千代田区有乐町的剧院，毁于关东大地震。

说作为背景自身，会拉下苏州银行和三炮台香烟即 Three Castles 的低劣的广告幕布来。帷幕好像不论在哪儿，一律是由中间拉向两侧。不拉幕时，背景便将后方堵住。背景大多为油画风格的幕布，描绘室内或室外的景色，新旧杂陈，其种类仅有二三种，因此姜维走马也好，武松杀人也罢，背景却一成不变。舞台的左端，守候着手持胡琴、月琴、铜锣等乐器的伴奏者，其中还可以看到一两位头戴鸭舌帽的先生。

顺便交代一句看戏的程序。不管是一等还是二等，径直入场便可。在中国，惯例是先入座，后买票，这一点甚为便利。一旦坐定，便有热水浸过的毛巾上来，活版印刷的节目单上来，茶当然也用大壶送来。此外西瓜子和廉价点心之类，只管“不要不要”即可。毛巾也自从目击邻座一位仪表堂堂的中国人拼命擦毕脸后又用它大擤鼻涕以来，目下也暂定“不要”。费用连同付给招待的小费，一等记得好像大抵在两元到一元五角之间。说“记得好像”，是因为我自己从未付过钱，总是由村田君代付的。

中国戏剧的特色，首先在于其响器的喧嘈远在想象之上。尤其是演武戏，即武打场面居多的戏时，好几个大汉仿佛是动了真刀真枪一般，睨视着舞台的一角，没命地敲打着铜锣，怎么也算不得“天声人语”。实际上，尚未习惯时，我也是用双手紧掩耳朵，方才能坐得住。可是据说我们的村田君在响器平静时却会嫌不过瘾。非仅如此，即使身在戏园之外，只需听听这响器的声音，据说便大抵明了上演的是何种戏目。我每听到此君说“那喧嘈声可真有味儿啊”，心中便疑惑不已，弄不清此君是否精神正常。

十 戏台(下)

反之，在中国的戏园里，不管是在观众席大声说话也好，小孩子哇哇大哭也好，众人却并不特别以为苦。只有这一点是便利至极。因为是中国的事情，也许就好比看客不安静也于听戏无碍一样，这等响器也正因为如此才得以诞生亦未可知。君不见，我自己就在一幕戏之间接二连三地又是向村田君请教故事情节，又是打听演员姓名，又是询问唱词意思，而左邻右舍的谦谦君子们，却一次也不曾流露出不耐烦的神色。

中国戏剧的第二特色，是极度不使用道具。诸如背景之类这里也有，然而这却不过是近来的发明。中国原来的舞台道具，只有椅子、桌子和帷幕。山峰、海洋、宫殿、道途——无论是表现何种光景，除了布置这几样之外，连一根树干也不曾用过。演员做出拉开沉沉的门栓的动作时，观众纵然不情愿也只得承认那片空间里存在着一扇门。而当演员意气风发地挥舞着带穗的鞭子，就应当认定那演员的胯下有一匹骄矜不驯的紫骝之类正在引项长嘶。好在，日本人由于通晓能剧[1]，立刻即能理解其窍门，将椅子、桌子堆积起来，说是山，咄嗟之间即能领悟。演员微一提足，告诉说此处有分隔内外的门槛，也并非难以想象。不唯如此，甚至会在这与写实主义有着一步之隔的、约定俗成的世界里发现意外的美。说至此想起一件至今未忘的事来，筱翠花在演《梅龙镇》时，扮作旗亭少女的他每跨过门槛时，必定要从黄绿色的裤子底下一闪即逝地亮一亮小小的靴底。而那小小的靴底之类，若非这虚构的门槛，断然不能令人萌生那怜香惜玉的心情。

这种不用道具的特色，大致如上所述，在我们而言，毫不为苦。我所退避三舍的，毋宁是盘子碟子手镯之类，普通小道具的处理太过随便敷衍。譬如刚才提及的《梅龙镇》，据我仔细查阅《戏考》[2]，并非当世的故事。说的是明武宗[3]微行途次，对梅龙镇旗亭少女凤姐一见钟情的旧事。而那少女手中的盘子，竟是绘有玫瑰花纹、描着银边的瓷器，一望便知那一定曾经在某家百货店的货架上放过无疑。倘使梅若万三郎[4]身穿和服而腰挎西式佩剑登台的

---

① 能剧，日本的传统歌舞剧之一种。

② 《戏考》，王大错撰，京剧台本集，全四十集，上海中华图书馆出版。

③ 明武宗，明朝第十一代皇帝，1506—1521年在位，年号正德。

④ 梅若万三郎(1868—1945)，能剧名优。

话，其荒诞不经，自然不言而喻。

中国戏剧的第三特色，是脸谱的变化多端。据辻听花[①]翁说，仅曹操一人的脸谱，居然有六十余种之多，终非市川流[②]所能比拟。又其甚者，将红、蓝、赭石各色一股脑儿涂在脸上，寸肤不留。初一望去，无论如何也不觉得是化装。我自己看武松戏，当蒋门神慢吞吞地走将出来时，任村田君再三说明，依然以为那只是假面。倘若一望之下，便能看破所谓的花脸不是假面，则此人必定近乎千里眼无疑。

中国戏剧的第四特色，是武打极其地猛烈。尤其龙套，与其称之为演员，未若称之为杂技师更妥。他们或从舞台的一端，一串空心跟头翻到另一端，或从垒得高高的椅子上，头朝下笔直地跳将下来。这批人大抵下穿红裤，上身赤裸，益发让人以为他们是马戏师傅、踩球艺人的亲戚。当然上乘的武戏演员也确如成语所形容的，一把青龙刀耍得虎虎生风，自古武戏演员便以膂力强健著称，一旦失去膂力，赖以为生的买卖便做不成了。然而武戏的高手，除却一身武艺，毕竟还有其不同凡响的气品。其证据便是盖叫天扮武松，装束宛如日本的人力车夫，穿着紧腿

---

① 辻武雄(1863—1931)，号听花，汉学家，通京剧。

② 日本的歌舞伎演员多以市川为姓，故借指歌舞伎，并无市川这一流派。

裤，比起舞弄大刀来，倒是举手投足间无言傲立，雄视对手时，远为威风凛凛，更像行者。

当然这些特色只是中国旧戏的特色。而新戏，既不打脸谱，也不翻跟头。然而若问是否万事皆新，则未必尽然。在亦舞台[①]上演的叫作《卖身投靠》的戏中，演员手持的蜡烛并未点燃，观众却要想象那蜡烛是亮着的，亦即是说旧戏的象征主义在舞台上依旧存在。新戏除了在上海之外，后来还曾看过两三次，在这一点上，遗憾的是，只能说是伯仲难分。至少下雨、闪电、黑夜之类，全赖观众想象。

最后谈谈演员。盖叫天、筱翠花等等，既已引作例证，似无再多言的必要。而我唯一想写下来的，是后台的绿牡丹。我拜访他，是在亦舞台的后台化装室。非也，与其说后台化装室，未若说是舞台的后侧，也许更贴近实际。总之那是在舞台的后面，墙壁剥蚀，蒜臭扑鼻，极为惨淡黯然。据村田君说，梅兰芳来日本时，最让他震惊的，便是后台化装室的整洁。与这种后台相比，果然帝剧[②]的化装室之类，无疑要整洁得令人惊叹。更有甚者，中国的后台游荡着众多演员，衣着污秽，唯有脸上照例勾着脸谱。这样的人在电灯光下，沐浴着尘埃，忽而来忽而

① 编者注：亦舞台，京剧剧场，原为 1912 年创办的中华大戏院，1917 年改名。

② 帝国剧场，位于东京中央区丸之内，当时日本最先进的西式剧院。

往，这景象几乎就是一幅百鬼夜行图。就在这帮家伙穿行出没的通道旁阴影处，抛置着中式提包等物。绿牡丹将假头套卸在其中的一个中式提包里，依然一副妓女苏三的打扮，正喝着茶。舞台上看来细长姣好的面庞，此刻望去出乎意料地并不纤细。毋宁说是个颇为性感、发育良好的青年。个子与我相比，也要高出半寸左右。这天夜里和我一道的村田君，一面将我介绍给他，一面与这位看似十分伶俐的旦角互叙久阔。据闻此君从绿牡丹还是默默无名的童角时代，便是一个非他便夜不安寝、昼不安食的狂热仰慕者。我向他表示说《玉堂春》十分精彩，不料他出乎意料地竟说了句日语："阿里嘎道。"[①]然后——然后他做了何事？为了他自己也为了我们的村田君，这种事情我本不愿公然写出来。然而既然专门介绍他，倘若不写，则将无端失真。如此又将极度地对不起读者。因此斗胆援秉正笔——只见他略一偏过头去，翻起大红底锈银丝美丽的水袖，以手加鼻，精彩地将鼻涕擤在了地板上。

十一　章炳麟氏

在章炳麟氏的书斋里，不知是出于何种趣味，有一

① 日文"谢谢"的发音。

条巨大的鳄鱼标本匍匐在墙上。不过这个为书卷所埋没的书斋正如成语所形容的：寒冷彻骨，让人觉得鳄鱼仿佛是个讽刺。固然那一日的天候借用俳句的季题①，正是春寒料峭的雨天。何况那间铺着地砖的房间里既无地毯，又无暖炉。而坐席当然也是不铺坐垫、棱角分明的紫檀交椅，加之我身上穿的是件薄薄的哔叽夹衣。至今想起坐在那间书斋里时的情形，我依然认为自己未染感冒完全是个奇迹。

然而章太炎先生却身着深灰色大褂儿，外加一件厚毛皮里子的黑色马褂儿，自然不冷。何况先生的坐席是铺着毛皮的藤椅。我听着先生的雄辩，连香烟也忘了吸，面对先生暖洋洋地悠然地伸着的双腿，徒然感到艳羡不已。

风传章炳麟氏向以王者师自任。又说一度曾选中黎元洪为其弟子。如此说来，桌子侧面的墙壁上，在那条鳄鱼标本的下面，当真悬着一条横幅，上书“东南朴学　章太炎先生　元洪”。不过说句失礼的话，先生尊容却绝不够伟岸。皮肤几乎是黄色的，唇髭与颌须少得可怜。额头突兀耸起，令人误以为是个瘤。唯有一双细如丝线的眼睛，在文雅的无边眼镜后面永远冷然的眼睛，确乎非同寻常。

---

① 季题，同“季语”。写俳句时必须用一表现季节的词语，称“季语”。

为了这双眼睛，袁世凯竟会让先生受囹圄之苦。同时也是为了这双眼睛，他虽然一度将先生监禁起来，却终于未敢加以杀害。

先生的话题彻头彻尾，全是以当代中国为中心的政治、社会问题。除了“不要”、“等一等”之类对付车夫的熟语之外，对中文一窍不通的我，自然无由听懂。我之所得以了解先生的论旨，甚至还不时向先生发出些狂妄的提问，全赖周报《上海》主笔西本省三氏之功。西本氏在我的邻座，挺胸端坐，无论议论何等烦琐，一一热心地为我做翻译。（尤其当时正值周报《上海》截稿日迫在眉睫，我愈加得感谢他的苦劳不可。）

“遗憾的是当今的中国政治堕落，不正之风公然横行，比起清朝末期来，也许更为猖獗。而在学问艺术方面，尤其窒闷沉滞。然而中国的国民性原本不喜走极端，只要这一特性存在一日，中国的赤化便不可能。诚然，部分学生欢迎工农主义。可是学生并不等于就是国民。而即便是他们，哪怕赤化了，有朝一日也一定会抛却其主张。这是因为国民性，热爱中庸的国民性，远要强于一时之感激的缘故。”

章炳麟氏片刻不停地摇晃着留着长指甲的手，滔滔不绝地阐述着独家学说。而我——只觉得冷。

“那么要复兴中国，采取何种手段为佳呢？这一问题的解决，不论具体如何去做，纸上谈兵是无济于事的。古人也曾道破，识时务者为俊杰。不是从一个主张去演绎，而是从无数的事实来归纳，此即为识时务。识时务而后定计划。所谓因时制宜，归根结蒂，无非便是这个意思……”

我一面侧耳倾听，一面不时地眺望着墙上的鳄鱼，并且胡思乱想着与中国毫不相干的事情——那条鳄鱼，无疑熟知睡莲的气息、太阳的光线与温暖的水。如此看来，现在我的寒冷，肯定与那鳄鱼最能相通。鳄鱼哟，被剥制成标本之前，你是幸福的。怜悯我吧，怜悯这依然活着的我。

十二　西　洋

问：上海并不单单是中国，同时在另一面也是西洋，这一点应多加留意。单是公园，我看就比日本要进步许多。

答：公园也大体都游了一遍。法国公园[1]和极司菲尔公园[2]，是散步的绝好去处。尤其是在法国公园，嫩叶初

---

① 法国公园(Jardin de France)，今复兴公园。

② 极司菲尔公园(Jessfield Park)，今中山公园。

生的法国梧桐间，西洋人母亲或乳母让孩子嬉戏玩耍，这情形非常之美。但我看并不见得比日本进步多少，只不过这里的公园是西洋式的吧。未必但凡是西洋式的，便是进步的呀。

问：去过新公园[①]么？

答：当然去过。不过那儿难道不是运动场么？我觉得不像公园。

问：公家花园[②]呢？

答：那公园可真好玩。外国人进出自由，中国人却一个也不得入内。而且还号称“公家”，占尽了命名之妙。

问：可是漫步街头，见到那么多的西洋人，感觉不是挺好吗？这也是在日本见不到的。

答：如此说来，我上次看到过一个没鼻子的西洋人。那种老外要碰上一个，在日本也许倒不容易。

问：那个人么，那是赶上流感时，最先抢戴口罩的家伙。不过漫步街头，比起西洋人来，日本人到底显得寒碜。

答：穿西服的日本人诚如所言。

问：穿和服不更糟么！日本人对肌肤暴露于大庭广

---

① 新公园，即虹口公园，今鲁迅公园。

② 公家花园（Public Garden），今黄浦公园。

众，竟毫无所谓！

答：如果有什么所谓的话，那不过是有所谓的人自己心存猥亵罢了。久米仙人[1]不是因此而从云端摔落下来的么？

问：那么说，西洋人是猥亵的啰？

答：当然，在这一点上是猥亵的。不过，遗憾的是风俗这玩意儿是多数说了算。所以现在不是日本人也觉得光脚外出是下流的事了吗？就是说渐渐地变得比从前猥亵了。

问：可是日本的艺伎之类白昼堂堂竟阔步街头，咱们在西洋人面前也挺不好意思的。

答：哪儿的话。这种事尽管安心，西洋的艺伎也一样阔步街头的，只是你辨认不出罢了。

问：这话说得可有点儿冲。法租界也去了吗？

答：那片住宅区倒很愉快。杨柳如烟，鸠鸣幽微，桃花未谢，中式民宅犹存——

问：那一带差不多就是西洋啊，红瓦、白砖。西洋人的住宅不也很好吗？

答：西洋人的住宅大抵都不怎么样。至少我看到的洋房全是蹩脚货。

问：你居然如此厌恶西洋，我可做梦也没想到……

---

① 久米仙人，日本传说中的仙人，有神力，能驾云飞天。因看见洗衣女子的小腿而神力顿消。

答：我倒并不厌恶西洋。不过是厌恶俗不可耐的东西罢了。

问：这点我当然也一样。

答：胡说八道！你是宁愿穿洋服，不肯穿和服；宁愿住板搁篓[①]，不肯住高门楼；宁愿吃通心粉，不肯吃刀切面；宁肯喝巴西咖啡，不肯喝山本山[②]——

问：晓得了晓得了。不过墓地总不坏吧，那静安寺路的西洋人墓地？

答：竟然问起墓地来，君亦穷矣。不错，那墓地也很俏皮。不过相比之下，与其躺在大理石的十字架下，我更情愿睡在土馒头里。更别说奇形怪状的天使之类的雕像下面，那更是敬谢不敏了。

问：如此看来，你对上海的西洋丝毫不感兴趣啰？

答：恰恰相反。我极感兴趣。因为诚如所言，上海一方面的确是西洋。无论如何，看到西洋总不失为一件趣事吧？只不过，此处的西洋，便是在不曾见过真正西洋的我看来，也像是赝品。

---

① 板搁篓(Bungalow)，孟加拉式带平台的木制平房。

② 山本山是东京日本桥的一家百年老店，以卖茶叶著称。此处用作日本茶的代称。

十三　郑孝胥氏

坊间风传，谓郑孝胥氏[①]悠悠然独处清贫。然而某一阴霾密布的上午，与村田君、波多君一同乘车驶至门前一望，其独处清贫的住所，却远超出我的预想，是一座雄伟的、涂成深灰色的三层楼房。门内满院黄竹，雪球花儿芳香扑鼻。便是我，这样的清贫，无论何时去独处，也可以做到毫无怨言的。

五分钟后，我们被领入客厅。这里除却墙上挂着的书画，几乎别无陈设。不过壁炉台上，左右一对瓷花瓶里，小小的黄龙旗儿垂着尾巴。郑苏戡先生不是中华民国的政治家，而是大清帝国的遗臣。我望着这小旗，忽然想起了依稀记得的某人品评郑氏的一句话："他人之退而不隐者，殆不可同日论。"

恰在此时，一位略胖的青年悄无声息地走了进来。这便是曾经留学日本的、先生的公子郑垂氏。与之交情甚好的波多君，立刻为我做了介绍。郑垂氏擅长日文，与之交谈，无须烦劳波多村田两先生通译。

身材高大的郑孝胥氏出现在我们的面前，是稍后不久

① 郑孝胥，字苏戡，中国近代政治人物、书法家。

的事。先生血色极佳，一见之下全不似垂暮老人。眼睛亦有如青年一般，朗若曙星。尤其是胸膛挺得笔直，说话眉飞色舞的样子，反而显得比郑垂氏还要年轻。他身着黑色马褂儿，配以略带靛蓝的浅灰大褂儿，不愧是当年的才子，处处显得风采不凡。非也，即使赋闲归隐的今日，尚且泼辣如此，想当年以康有为为中心，宛然如戏剧一般的戊戌变法之际，扮演辉煌角色之时，更是何等地才情焕发，自是不难想象的。

加上郑氏，我谈论了一会儿中国问题。自然，我也大言不惭地高谈阔论起新借款团[①]成立之后，中国的对日舆论如何如何之类甚不相称的话题来。如此道来，似乎极不认真，但当时我倒并非姑妄言之，而是极为认真地披露自己一家之见的。然而现在反思起来，当时的我似乎多少有点走火入魔。固然这涌血冲头的原因，除了我自己轻薄的根性外，当代中国本身的确也应负一半的责任。倘以为是虚言，不论是谁只管去中国一睹即可。肯定不出一月，便会莫名地想谈论起政治来。这无疑是当代中国的空气中孕育着二十年来之政治问题的缘故。而不敏如我，竟而至于在游历江南一带期间，这股狂热始

① 1920年10月15日，英国汇丰银行、法国印支银行、日本正金银行、美国摩根银行同与当时的北洋政府缔结了贷款协议，新借款团便是指这几家银行。

终未能降温。而且并无人强迫，却整日思考起与艺术相比远为下等的政治来。

郑孝胥氏在政治上，对当代中国是绝望的：中国只要执迷于共和，便永无宁日。然而即便实行王政，倘要突破眼前的难关，也唯有等待英雄出现而已。而这位英雄身处当代，也只得面对利害错综的国际关系。由此看来等待英雄的出现，不啻等待奇迹的出现。

交谈之间，我衔起一支香烟，先生迅即立起身来，将点燃的火柴移至我的烟上。我大为惶恐，一面寻思，看来于待人接客之道，与邻国的君子相比，日本人似乎最为笨拙。

品过红茶后，我们在先生的引导下，来到宽敞的后花园。美丽的草坪四周，栽着先生购自日本的樱花和树干为白色的松树。庭院对侧另有一座涂成深灰的三层楼房，却是最近新建的郑垂氏一家的居所。我漫步园中，眺望着一丛竹林上方阴霾散尽后终于露出的蓝天，再次忖道：如此清贫，我也愿独处一番。

就在撰写这篇原稿时，恰好裱画店送来了一幅挂轴。挂轴上裱贴的，是二度拜访时，先生写给我的七言绝句："梦奠何如史事强，吴兴题识逊元章。延平剑合夸神异，合浦珠还好秘藏。"面对这龙飞凤舞的墨痕，便觉得犹然怀念与先生相处的那几分钟。在那几分钟里，我并非仅仅面对一位前朝遗臣名士，其实也亲聆了中国现代诗宗、《海藏楼诗集》著者的馨咳。

十四　罪　　恶

拜启者：

据说上海是中国第一“罪恶渊薮”。要之各国人种麇集于斯，恐怕自然而然地更容易如此吧。仅我所见所闻，风教确乎恶劣。比如中国的黄包车夫会摇身一变成为劫匪，这类新闻报上时有报道。又据说坐在人力车上时，被人从背后抢去帽子，在此地也是家常便饭。最为恶劣的是，为了抢夺耳环，甚至不惜撕裂其耳朵。这种行径与其说是偷盗，也许毋宁是某种 Psychopathia Sexualis① 作祟。在这类犯罪中，有一桩叫作莲英命案的，数月之前，还被写进了戏剧与小说。该案是此地一个唤作拆白党的少年流氓集团成员，为了抢夺钻石戒指，而杀害了一个名叫莲英的妓女。其作案手法，是将被害者骗上汽车，带至徐家汇近旁后勒杀，总之在中国是史无前例的新花招。而世间舆论则如同在日本亦时有耳闻的那般，认为是侦探片之类的电影带来了坏影响。不过那名叫莲英的妓女，据我所见到的照片，便是出于情面也不能说是美人。

---

① Psychopathia Sexualis，拉丁文，指变态性欲。

当然卖淫也很兴旺。走到青莲阁之类的茶楼，将近薄暮时分，便可看见无数卖笑女麇至于此。这些人被称作“野鸡”，粗粗看去，似乎没有一人超出二十岁。一见到日本人便口念“阿拿他、阿拿他”[①]，蜂拥而上。除了“阿拿他”，这帮人还会说“撒以狗”。这“撒以狗”是什么意思呢？听说原来日本的军人在日俄战争出征期间，抓住中国妇女往附近的高粱地里拖时，口中所说的“撒，依靠”[②]，便是其滥觞。了解了词源后，会觉得有如相声，然而对我们日本人来说，似乎并非是桩名誉的事体。此外四马路一带总有许多“野鸡”，坐在人力车上，流连徘徊。据说这帮人一旦揽到客人，便让客人坐在车上，而她自己则走路，将客人领回家去。不知出于什么心思，她们大抵戴着眼镜。或许在当今中国，女人戴眼镜是一种流行时尚亦未可知。

鸦片也半公开地到处有人吸。我前去参观的鸦片窟里，便有一位卖笑妇，伴着客人，拥着一盏幽幽的小灯，衔着柄儿长长的烟管。此外据闻还有什么磨镜党、男堂子之类，都是了不得的去处。所谓男堂子，系男人向女人货媚；而磨镜党则为女子以淫戏飨客。耳闻这类故事，便会觉得

① “阿拿他”，日文，意为“小亲亲”。

② “撒，依靠”，日文，意为“快走呀”。

通衢大道上熙来攘往的中国人中，仿佛有着众多 Marquis de Sade①，而且实际上恐怕也确有其人。据某位丹麦人②说，他在四川、广东等地待了六年，从未听说过尸奸的流言，而在上海只待了三个星期，便目睹了两桩实例。

更有甚者，最近从西伯利亚一带，似有一批形迹可疑的西洋男女大举进军此地。我自己就在与朋友一道漫步于公共花园时，曾被穿着粗俗的俄罗斯人穷追不舍，索求金钱。那人大约仅仅是个普通的乞丐吧，但那份滋味委实不大好受。不过，工部局颇感自疚，故上海也似乎大体会逐渐风纪转好起来。其实在西洋人方面，什么爱尔多拉多③，巴勒莫④之类低级趣味的咖啡馆业已关闭。不过，远在邻近郊区的代尔·蒙台一代，依然有大批做生意的联袂前来。

> Green satin, and a dance, white wine and gleaming laughter, with two nodding earrings—these are Lotus.⑤

---

① 萨德侯爵(Marquis de Sade,1740—1814),法国小说家,善描写倒错变态性爱。

② 疑即后文《长江游记》中出现的芦丝。

③ 爱尔多拉多(El Doraolo),西班牙文,意为"镀金物"。传说中盛产黄金的理想国,在美国北部。

④ 巴勒莫(Palermo),西西里岛西北部的港市。

⑤ "绿袖舞翩跹,醇酡启笑颜。摇摇双耳坠,袅袅是阿莲。"见 *Profiles from China*,p.74。

这是蒂金斯吟咏沪上名妓阿莲(Lotus)诗中的一节。“醇酴启笑颜”——这不单是阿莲一人，混迹于印度人之间，倾听着交响乐队演奏的女人们，终究不出其外。

谨此。

十五　南国美人(上)

在上海，我见到了许多美人。不知是何种因缘，与她们相见总是在小有天酒楼。据说此处是近年物故的清道人李瑞清[①]捧红的。甚至留下“道道非常道，天天小有天”这么一副妙联，可想而知其捧场实非寻常，而是热心投入。只不过这位著名文人据说拥有非同凡响的胃囊，一次能吃下七十只螃蟹。

总之，上海的饭馆并非惬意的去处。包房之间的隔墙就连小有天也是极伤风雅的板壁。而桌上摆放的器物，甚至以讲究著称的一品香，与日本的西菜馆也无甚差别。此外如雅叙园、杏花楼，乃至兴华川菜馆，除却味觉的满足以外，其他方面与其说是差强人意，未若说是处处让人感到惊愕。尤其是有一次波多君在雅叙园赐宴，我向跑堂的

① 李瑞清(1867—1927)，字仲麟，号梅庵、梅痴、清道人。光绪进士，书画家。张大千曾师事于他。

打听便所在何处，他居然要我在厨房的清洗池里解决。而其实在我之前，已经有一位满身油腻的厨子为我示范了先例。令人退避三舍而犹恐不及。

然而菜肴却要比日本美味。恕我摆出行家的面孔高谈阔论，我去过的上海菜馆，要逊于诸如瑞记、厚德福之类的北京菜馆。可是尽管如此，倘与东京的中餐馆相比，便是小有天也要远为美味。而价钱之便宜，只是日本的五分之一。

离题太远了，我所见过的美人之多，莫过于同神州日报的社长余洵氏会餐之时。如前所述，那也是在小有天的楼上。那小有天原来竟坐落于在夜上海也算闹猛非常的三马路上，栏杆外车水马龙，闹声片刻不绝，而楼上自然也是笑语、歌声、伴奏的琴声沸反盈天。我置身于这喧嚣之中，一面啜饮着玫瑰茶，一面望着余君谷氏在局票上笔走龙蛇，仿佛自己不是来到了菜馆，而是坐在邮局的凳子上等候，顿生匆忙之感。

局票是在洋纸上用红字蜿蜒地印着“叫××速至三马路大舞台东首小有天闽菜馆××座侍酒勿延”的字样。好像雅叙园的局票上一隅印有“毋忘国耻”，排日的气焰逼人，所幸此处的未见这类句子。（局票好比大阪的“逢状”，是传呼校书的用笺。）余氏在其中一张上写好我的姓，再加上了“梅逢春”三字。

“这就是那个林黛玉，已经行年五十八了。熟知最近二十年政局秘密的，除了大总统徐世昌，就数此人了。算是你叫的，做个参考吧。”

余氏微微笑着，又写起另一张局票来。余氏日语娴熟。据云尝用日中两种语言发表席间致词，竟令座上宾客德富苏峰①氏感服不已。

未几，我们——余氏及波多君、村田君和我，围桌落座，最先到来的是名叫爱春的美人。这是一位看上去聪明伶俐、多少与日本的女学生相仿佛、风度甚佳的圆脸姑娘。上着带有白色织纹的淡紫衣裳，下穿青瓷色的裤子，上面也有花纹。头发梳成辫子，上端扎着青色发绳，长长地垂在脑后。额前留着刘海，也与日本的少女无异。此外胸佩翡翠蝴蝶，耳坠金子与珍珠耳环，手带金表，一律熠熠生辉。

十六　南国美人(中)

我倾慕不已，甚至在挥动长长的象牙筷子之际，也目不转睛地望着这位美人。然而珍馐佳馔源源不断地运上桌

---

① 德富猪一郎(1863—1957)，号苏峰。政治家、记者，创立民友社，主宰《国民新闻》。曾数度来华，著有《中国漫游记》等。

来，美人也陆续迤逦到场。终究不是只对爱春一人大发感叹的场合。我又端详起第二位走进来、名唤时鸿的姑娘来。

这位叫作时鸿的姑娘，并不比爱春出落得更美，然而却长着一副颇具特色的面庞。整体上格调甚强，带有莫名的田园气息。除去梳成辫子的头发上扎的头绳是桃红色的以外，一身穿戴与爱春无异。衣服则是深紫色的缎子上，镶着银色与蓝色交织、宽约五分的边。据余君谷氏的说明，该伎出身江西，打扮也不刻意追逐时流，古风犹存。虽说如此，胭脂白粉也极浓艳，远胜以素面自许的爱春。看着她的手表，左胸前的钻石蝴蝶，硕大浑圆的珍珠项链，右手上镶着两颗宝石的戒指，我暗加赞许，心想纵然是新桥[①]的艺伎，打扮得如此灿烂的，恐怕一人也无。

时鸿之后进来的——如此一一写下去的话，连我自己也要疲倦不堪了，其余的姑且割爱，只对两位略作介绍吧。其中一人名叫洛娥，眼见就要与贵州省长王文华结婚了，王却在此时遭人暗杀，因此直至今日还在操艺伎营生，真是红颜薄命。她身穿一袭黑缎子衣裳，仅插了一朵香味好闻的白兰花，此外别无修饰。年纪轻轻却穿戴朴

① 新桥，东京地名，往年是与柳桥、赤坂齐名的艺伎街。

素，一双明眸澄若秋水，给人以淡雅的印象。还有一位，是年仅十二三岁的温顺的少女，连金手镯、珍珠首饰，由这位艺伎戴起来，看上去也仿佛玩具一般。而且有人打趣时，便如同世间寻常处子一样，露出害羞的神情。更奇妙的是——倘是日本人，定会令人忍俊不禁，她是“天竺”[1]这一名字的主人。

这些美人们按照局票上写的客人姓名，依次在我们身旁落座。然而我所传请的那位一代娇名盖世的林黛玉，却久久不露尊容。这时一位名叫秦楼的姑娘，手夹着吸了一半的纸烟，悠扬婉转地唱起了西皮调的《汾河湾》[2]来。姑娘演唱时，一般似乎都有胡琴伴奏。拉胡琴的男子不知何故，拉琴时大都戴着大煞风景的鸭舌帽或礼帽。胡琴多系在竹筒做成的琴体上，绷上蛇皮制成。秦楼一曲唱毕，这次轮到了时鸿。她不用胡琴伴奏，而是自弹琵琶，唱了一支凄婉的曲儿。江西，她的故乡，正是浔阳江上的平野。倘像中学生似的沉湎于感慨，则枫叶荻花瑟瑟之秋，令江州司马白乐天泪湿青衫的琵琶曲，恐怕就是这样的曲调亦未可知。时鸿唱完又是萍乡唱。萍乡唱毕，村田君突

---

① 天竺，系印度古称。

② 《汾河湾》，京剧剧目，说的是薛仁贵还乡的故事。

然起立，“八月十五月光明”，唱起西皮调的《武家坡》[①]来，让我大吃一惊。当然若非如此灵慧，恐怕也不易做到像他那般通晓中国生活的里里外外。

花名林黛玉的梅逢春终于姗姗驾临时，已经是桌上的鱼翅汤残羹狼藉之后了。她比我想象的更近于娼妇类型，是个丰腴浑圆的女人。其容貌如今望去已不美丽，尽管涂脂抹粉，但唯一能令人想象其往年丽色的，是细眼中娇艳的目光。不过想到她的年龄——说是行年五十八岁，便总觉得难以置信。乍一看去，至多不过四十岁。尤其是她的手，就像孩童一般，手指根处的关节，深深陷入胖乎乎的手背里。装束是镶了银边的兰花黑缎衣裳和相同质料万字花案的裤子。耳环、手镯、垂在胸前的坠件，全系金银制的底座上整面地镶嵌着翡翠与钻石。尤其是戒指，那钻石大如雀卵。这副装扮，本不应在通衢大道旁的饭馆里看到，这是让人联想起罪恶与奢靡交织的，诸如《天鹅绒之梦》[②]那种谷崎润一郎[③]小说世界的装扮。

然而尽管年事已高，林黛玉毕竟是林黛玉。她是何等

---

① 《武家坡》，或名《五家坡》，又名《平贵回窑》，又名《跑坡》，唱的是薛平贵和王宝钏重逢的故事。

② 谷崎润一郎的短篇小说，以杭州为舞台，表现了谷崎的所谓“中国趣味”。

③ 谷崎润一郎(1886—1965)，小说家。写过一些中国题材、具有神秘风格的小说。

地才情过人，只需观其言谈举止，便可想象，不仅如此，几分钟后，她合着胡琴与笛子唱起秦腔时，与歌声一起迸发出的力量，的确压倒了群芳。

十七　南国美人(下)

“怎么样，那林黛玉？”

她离席而去后，余氏向我问道。

“女中豪杰呀，没想到居然那样年轻。”

“听说她年轻时一直吃珍珠粉。珍珠是长生不老的灵药嘛。如果不抽鸦片，她还会更加年轻呢。”

此时，林黛玉空出的座位上，已坐上了新来的姑娘。这是一位肤色白皙，身材娇小，颇具大家闺秀风范的美人。身穿百宝图案的淡紫缎子衣裳，耳戴水晶耳环，都凸现了这姑娘的品位。我赶快请教芳名，答曰花宝玉。花宝玉——这位美人说出这个名字的发音时，宛然如鸠鸣莺啼。我取烟递去，想起了杜少陵“布谷处处催春种”的诗。

“芥川先生。”

余洵氏一面以老酒相劝，一面难言似的呼唤我的名字。

“怎么样，中国的女人？喜欢吗？”

“哪儿的女人我都喜欢，中国的女人也很漂亮啊。”

“你觉得什么地方好？”

“这个嘛，我觉得最美的地方恐怕是耳朵。”

实际上，我对中国美人的耳朵颇怀敬意。日本女人在这一点上到底非中国人之敌。日本人的耳朵太平板，而且肉厚者居多。其中有不少与其称作耳朵，未若说是出于某种机缘而长在头上的菌菇似的物事。按此与深海之鱼盲目失明同。日本人的耳朵自古以来一直藏身于涂抹了发油的鬓发之后，而中国女子的耳朵不仅一直处于春风吹拂之下，而且还郑重其事地饰以宝石耳环之类。因而日本女子的耳朵便像今天这般堕落了，而中国人的耳朵则自然而然保养甚佳，十分美丽。眼前这位花宝玉，便生着一双有如小贝壳似的、特别可爱的耳朵。《西厢记》中的莺莺所谓“他钗亸玉斜横，髻偏云乱挽，日高犹自不明眸，畅好是懒、懒。半晌抬身，几回搔耳，一声长叹”，一定也是这样的耳朵。笠翁[①]昔日曾详细论述中国女子的美（《闲情偶寄》卷三“声容部”），却未尝有一言提及这耳朵。就这一点而言，伟大的戏曲十种的作者，也只能将这发现的功劳，让与在下芥川龙之介。

辩完耳朵论之后，我同其他三君一道，吃了放有砂糖

---

① 李渔（1611—1679），字笠翁，明末清初的剧作家，《闲情偶寄》为其随笔集。

的粥。然后走到熙攘的三马路上，去参观妓馆。

妓馆大体都在大道左右石块铺路的小巷两侧。余氏引导着我们辨读着门灯上的名字前行，须臾来到一家门前，排闼而入。进门处是萧索的未铺地板的房间，几个穿戴粗陋的中国人有的在吃饭有的在干活。倘非事先知道，谁也不会相信这便是妓女的住宅。然而沿着楼梯一登上二楼，却是小巧玲珑的中式沙龙，里面明亮的电灯光辉灿然。紫檀椅子排列成行，巨大的镜子矗立一角，毕竟还是一流的妓馆。贴着青色壁纸的墙上，一溜排悬挂着好几只玻璃镜框，里面装着南画①。

“在中国要做艺伎的娇客，并不是一桩容易的事。你瞧连这些家具之类的，也都得替她买齐了才行哪。”

余氏一面同我们喝茶，一面将各种嫖界的规矩娓娓道来。

“而且像今晚来的这几位姑娘就更了不得啦，要想做她们的娇客，起码也得要五百块钱。”

这时候，刚才的那位花宝玉，从隔壁房间打了个照面。中国的艺伎出局陪酒，往往只坐五分多钟便打道回府了。刚才还身在小有天的花宝玉，此刻已回到此处亦非不

---

① 南画，即南宗画，山水画两大流派之一，被认为源自唐代王维、五代巨然、宋代米芾等。

可思议。非但如此，在中国做娇客的人——以下请参照井上红梅[1]氏著《中国风俗》卷之“花柳语汇”好了。

我们和两三位姑娘一起，吃吃瓜子，抽抽香烟，聊了会儿闲话。当然，说是闲话，而我却与哑巴无异。波多君手指着我，告诉一位看上去似乎挺调皮的年幼姑娘说：“他不是东洋人，是广东人。”姑娘便问村田君此话当真？村田君也说：“是的，是的。”我一面听着他们言来语往，一面独自漫然思索着无关紧要的事——日本有支歌曲叫作《讨考冬雅来哪》，那句“冬雅来哪”没准就是由“东洋人”变来的也未可知……

二十分钟后，少许感到有些无聊的我，在屋里踱来踱去，顺势向隔壁房间偷觑一眼。不承想竟看见温柔可人的花宝玉和肥胖的阿姨一起围着餐桌吃夜饭。桌上只摆着一个盘子，而那盘子里盛的只有一味青菜而已，花宝玉却依然吃得津津有味。我不由得面露笑意。出局来到小有天的花宝玉，也许不愧为南国美人。然而这位花宝玉——咬着菜根的花宝玉，却是超然于任荡子玩弄的尤物之上的某种存在。直到此时，我才首次对中国女子产生了理所当然的亲近感。

---

① 井上红梅，日本汉学家，著有《中国风俗》一书，1921 年 5 月出版。

十八　李人杰氏

“与村田君访李人杰氏，李氏年方二十有八，以信条言系社会主义者，上海‘少年中国’代表之一人也。途中电车窗外见街树青青，既迎夏日，天阴，稀有日色。风起而尘不扬。”

这是拜访李氏后，我信手写下的札记。现在打开手册看时，潦草的铅笔字有不少快要湮灭了。文章自然是芜杂的。然而当时的心情或许反而正清晰地表现在这芜杂之中也未可知。

> 有僮，即引予等至客厅。有长方形桌一，洋风椅子二三，桌上有盘，盛陶制果物。梨、葡萄、苹果——除此自然之拙劣模仿外，另无装饰，足慰客目。然室内尘埃不见，满溢简素之气。愉快。
>
> 数分后，李人杰氏来。身材瘦小之青年也。发略长，细面，血色不甚佳。双目炯炯，才气焕发。手小。态度颇真挚。其真挚同时又令人察知其锐敏之神经。刹那之印象不恶。如触细且强韧时钟之弹机也。隔桌与予相对。氏着鼠色之大褂儿。

李氏曾在东京大学里待过，日语极其流畅。尤其是烦琐的大道理，也能让对方明白领会，这手本事，在我的日语之上亦未可知。另外笔记上虽未有记录，在我们被让进的客厅里，通往二楼的楼梯牢牢地扎根于一隅，因而有人走下楼梯来时，客人首先看见的是脚。李人杰氏亦复如是，我们最先看见的，是中国布鞋。除了李氏之外，任何天下名士，我还不曾有过先从足尖看起的经验。

李氏云，现代中国应将如何？此问题之解决，不在共和亦不在复辟。此种政治革命于中国改造之无力，过去既已证明之矣。现在亦复将证明之。然吾人之当努力者，唯社会革命一途而已耳。此乃宣传文化运动之'少年中国'之思想家尽皆呼号之主张也。李氏又云，欲兴社会革命，须赖普罗帕刚达①。故此吾人事著述焉。且觉醒之中国士人，于新知识并不冷淡。非也，乃饥渴于知识也。然可充此饥渴之书籍杂志匮乏，如之奈何？予为君断言：刻下之急务在著述。或如李氏言耶。现代之中国无民意。无民意则革命不生，况其成功乎？李氏又云，种子在乎，唯惧万里之荒芜，或吾力之不逮也。是以不得无忧，吾人之肉体堪此劳任

① 普罗帕刚达，即英文"propaganda"的音译。

否。言毕颦眉。予同情之。李氏又云，近时所应注目者，中国银行团之势力也。姑不问其背后势力若何，北京政府为中国银行团所左右之倾向，乃难以打消之事实。此亦不必悲哀也。何者，吾人之敌——吾人当集中炮火以轰击之标的，定为一银行团可也。予云，予失望于中国之艺术，予目之所及，小说绘画，不足以共而谈之。然观中国之现状，期待斯土艺术之兴隆，期待者毋宁似误也。除宣传手段以外，问君有无顾及艺术之余裕乎？李云，几近于无。

我的笔记到此为止。不过李的言谈举止煞是爽快利落，致令同行的村田君浩叹“此君脑子极灵”，亦非不可思议。不唯如此，李氏留学期间还曾读过一两篇我的小说，无疑此事也的确增加了我对他的好感。连我这样的正人君子都不能免俗，可见小说家便是虚荣心旺盛如许的人种。

十九　日　本　人

应召去上海纺织会社的小岛氏处赴晚宴时，见他住所前的院子里，栽着小小的樱树。于是同行的四十起氏叹道：“看呀，樱花开了。”而且其声调之中蕴藏着一种莫名的欣喜。而迎迓至门口的小岛氏，形容得夸张点的话，也满面仿佛是从美洲大陆归来的哥伦布炫示海外奇珍似的神情。然而那樱花却只不过是在瘦弱的细枝上绽开贫瘠的几朵罢了。我当时对这两位先生何以如此欣喜若狂，内心颇觉得不解。然而在上海逗留余月后，方才明白这并非仅限于他们两位，原来人尽如此。日本人是何许人种，这远非我所能够知晓。然而来到海外以后，便是不问重瓣也罢单瓣也罢，总之是只要能看到樱花，遽尔便感到幸福的人种。

*

前往同文书院[①]参观时，走在学生宿舍的二楼，望见了走廊尽头窗外青青的麦海。那麦田里，随处点缀着平凡的油菜花丛。最后，在这一切的背后，低矮的屋顶在远处连绵成片，上空是一面巨大的鲤鱼旗[②]。鲤鱼在风的吹拂下，矫健地上下翻腾。只这么一面鲤鱼旗，便令景致顿改。竟以为自己并非身处中国，而是在故国日本。然而走近窗际望去，眼底下的麦田里，中国的农夫正在劳动。这莫名其妙地让我生了一种岂有此理的感觉。我眺望着遥远

① 同文书院，日本人在上海设立的四年制大学，主要目的是为“大陆经略政策”培养人才。

② 鲤鱼旗，用布做成筒状，绘以鲤鱼纹的旗帜，用以祝福男儿健康成长。

的上海天空的日本鲤鱼旗，同样也多少感到快慰。也许并无资格嘲笑别人的樱花亦未可知。

*

我曾接到过上海日本妇女俱乐部的邀请，地点好像是坐落于法租界的松本夫人邸第。铺着白布的圆桌，桌上的千日菊、红茶、点心、三明治……围桌而坐的夫人太太都比我预想的还要温良贤淑。我和这些夫人太太们谈论着小说戏剧，于是一位夫人这样向我说道：

“这个月《中央公论》[①]上您写的小说《乌鸦》非常有意思。”

“不，不，拙劣得很。”

我谦虚地答道，心想真该让《乌鸦》的作者宇野浩二[②]听听这段对话。

*

听南阳号船长竹内氏说，在汉口的滨江路上，曾看见不

---

① 《中央公论》，日本综合杂志。当时设有文艺栏，发表小说等文学作品。

② 宇野浩二（1891—1961），日本小说家，本名格次郎。

知是美国还是英国的船员和日本女人坐在一起。那女人一看便知其职业。据说竹内氏看到这情形颇觉不快。听到这段故事后，我走在北四川路[①]上时，见对面驰来的汽车上，三四个日本艺伎拥着一个西洋人，频频相戏，然而并未像竹内氏那样感到有什么不快。但其觉得不快，亦未始不可理解，甚至毋宁对这种心理油然产生兴趣。在这一场合仅仅是心情不快罢了，若将之扩大，则何尝不就是爱国义愤呢？

*

据说有一位叫作X的日本人。X在上海住了二十年，婚是在上海结的，孩子也是在上海生的。因而X对上海怀有热烈的眷恋。偶尔有客人自日本来，便总要将上海夸耀一番。建筑、道路、饮食、娱乐——哪一样日本也比不了上海。上海同西洋一般无二，与其蹇滞在日本，还是尽早到上海来吧——他甚至这样敦促客人。这位X死时，取出他的遗嘱一看，却出人意料地写道："遗骨无论如何必须埋葬在日本……"

一日我在宾馆的窗边，口衔哈瓦那雪茄，想起了这段故事。X的矛盾是嘲笑不得的。我们在这一点上，大抵都与X难兄难弟。

---

① 北四川路，即今四川北路。

二十 徐家汇

[明万历年间。墙外。处处绿柳垂荫。墙内遥见天主堂的屋脊,顶上的金十字架在落日下闪闪发光。一云游僧与村童上。

僧:徐公①府第是那里么?

童:就是那儿——爷叔你去那儿也没得斋饭吃的,老爷顶讨厌和尚了。

僧:好好好,这个我晓得。

童:晓得了就勿要去了呀。

僧:(苦笑)这孩子好厉害的嘴。我不是要去挂锡,我是来跟天主教的和尚理论的。

童:是哦?那你就随便吧,吃了家人们揍也没人管的噢——

[童奔下。

僧:(独白)那边厢就看得见教堂屋顶,可门又在哪儿呢?

[一红毛传教士骑驴而过,后一仆从之。

---

① 徐公,指徐光启(1562—1633)。

僧：喂，请问……

［传教士止住驴。

僧：（勇敢地）从何处来？

传教士：（莫名其妙地）我刚从教友家回来呀。

僧：黄巢过后还收得剑否？

［传教士呆若木鸡。

僧：还收得剑否？道来！道来！若不道来……（僧手挥如意，欲打传教士。仆将僧推倒。）

仆：他是个疯子。甭理他，您老请回吧。

［传教士等去。僧起。

僧：可恨的外道，连如意也折断了，钵儿弄到哪儿去了？

［墙内响起赞美诗。

*

［清雍正年间。草原。处处绿柳垂荫。其间可见荒废的礼拜堂。村姑三人，皆手挎竹篮，在摘艾蒿。

甲：云雀的叫声响得烦煞人。

乙：是的呀。——哟，讨厌的蜥蜴。

甲：你阿姐还没出嫁吗？

乙：大概要到下个号头吧。

丙：啊哟，格是啥物事呀？（拾起一个沾满泥土的十字架。丙为三人中最年少者。）上面还雕着人像呢。

乙：啥物事？让我看看。格物事叫作十字架呀。

丙：十字架是啥物事？

乙：是天主教的人拿的东西。格是金子的哦？

甲：勿要瞎讲。拿着那种物事，弄不好又要像老张一样，被人家把脑袋斩下来。

丙：格么再把它照老样子埋埋好好哦？

甲：对对，格楞样子最好。

乙：是的。格楞样做好像勿会有问题。

［众村姑下。数小时后，暮色渐临。丙与一盲目老者上。

老：那就赶快找吧，有人来打搅就麻烦了。

丙：啊，格得，是格物事不是？

［新月的清辉。老者手擎十字架，缓缓地垂头默祷。

*

［中华民国十年。麦田中央有花岗石的十字架。绿柳上方，可见天主堂的尖塔屹立，上摩云端。日本人五，迤逦穿过麦田。其中一人为同文书院学生。

甲：那座天主堂是何时建造的?

乙：据说是道光末年。(翻开旅游指南)进深二百五十英尺，宽一百二十七英尺，那座塔高度是一百六十九英尺。

学生：那是墓。那个十字架——

甲：果不其然，看这些残存的石柱石兽，恐怕从前更加壮观吧。

丁：那是一定的喽，大臣的墓嘛。

学生：这砖砌的底座上不是镶嵌着石碑吗？这就是徐氏的墓志铭。

丁：写的是“明故少保加赠太保礼部尚书兼文渊阁大学士徐文定公墓前十字记”。

甲：另外还有别的墓吗?

乙：这个么，恐怕有吧……

丙：(自远处高呼)请站好别动，我来拍张照片。

［四人立于十字架前。数秒不自然的沉默。

二十一　最后一瞥

村田君与波多君去后，我衔着香烟，走上凤阳号的甲板。灯火通明的码头上人影已稀。对面的大街上，三四层高的红砖建筑耸入夜空。这时一个苦力身后拖着鲜明的影子，走过眼底下的码头。倘随着那苦力一起前行，便可自然来到上次曾去取过护照的日本领事馆门前。

我沿着静静的甲板，向船尾走去。从这里向下游望去，外滩大道上点点灯光灿若星汉。横跨苏州河口、白昼里车马不绝的花园大桥[①]能看得见不？桥下那座公园虽看不出嫩叶的翠绿，但依稀可见的，仿佛正是那片树林。上次去游玩时，白茫茫的水柱高高涌起的喷水池畔草坪上，一个身穿S.M.C.[②]红色号衣、伛偻病人似的中国人在拾着烟蒂。那座公园的花坛上，郁金香和黄水仙现在依旧在电灯光下灿烂开放么？穿过公园走到对面，便可看见庭院深深的英国领事馆和正金银行[③]。从侧畔沿着江岸前行，再向左转，小巷里便是Lyceum Theatre（兰心剧院）。那入口处的石阶上，Comic Opera（喜歌剧）的彩色大海报牌虽然还立在那儿，大约已经杳无人迹了吧。这时一辆汽车沿着江边疾驰而来。蔷薇花、丝绸、项链上的琥珀——这些东西在眼前一晃而过。那一定是赴Calton Café（加尔顿咖啡馆）跳舞去的。随后，阒然静寂的大道上，有人哼着小调，靴声跫然地走过。Chin Chin Chinaman（中国

---

① 花园大桥，即外白渡桥，当时洋人呼为Garden Bridge。

② S.M.C.，英文Shanghai Management Committee的缩写，即工部局。

③ 正金银行，日本银行名，全称为横滨正金银行，1880年设，专事外贸金融。今东京银行（现与三菱银行合并，称东京三菱银行）的前身。

佬）——我将香烟屁股扔进了昏暗的黄浦江水中，缓缓地走回大厅。

大厅里也杳无人迹。唯有铺着地毯的地板上，盆栽兰花的叶子熠熠生辉。我倚在长椅上，漫然沉湎于回忆之中——拜会吴景濂氏时，吴氏剃成平头的硕大脑袋上，贴着紫色的膏药。并且一边虑念着患部，一面愤愤地说："生了个疖子。"那疖子痊愈了没有？——与醉步蹒跚的四十起氏走在昏暗的街道上，恰好在我们的脑袋上方，有一正方形的小窗。窗子朝着雨云密布的天空，斜斜地射去一道光芒。而窗口处一位年轻的中国女子仿佛小鸟一般，俯视着眼底下的我们。四十起氏指着她告诉我："那就是了，广东妞儿。"今天晚上那女子也许还会在那儿，探出脸来。——树木成荫的法租界，马车轻快地向前疾奔。远处，一个中国马夫牵着两匹马儿，其中的一匹不知何故突然躺倒在地上。于是同乘的村田君说："那马是因为背上痒了。"消除了我的疑念。——我一面想着这些事，一面伸手在夹衣口袋里摸香烟，然而拿出来的，不是黄色的埃及烟盒，而是前天晚间放在里面的中国戏单。同时什么东西从戏单里滚落在地板上，那东西——一瞬之后，我拾起了一枝枯萎了的白兰花。我嗅了嗅那朵白兰花，却已经连香味也荡然无存了，花瓣变成了褐色。"白兰花、白兰花。"这叫卖声曾几何时也变成了追忆而已。凝望这花儿在南国美人的胸前飘溢芳香，如今也恍若梦境。我发觉自己有可能堕入肤浅的感伤的危险，遂将枯萎的白兰花掷在地板上，点燃了一支香烟，开始读起了临行前小岛氏馈赠的梅丽·斯托普斯[①]的书来。

---

① 梅丽·斯托普斯(Marie Carmichael Stopes，1880—1958)，英国节制生育的先驱，以《婚后之爱》(Married Love，1918)等著作享有盛名。

江南游记

前　　言

昨天，我从本乡台[①]顺坡而下，向蓝染桥[②]信步走去。这时，两位青年绅士迎面上坡而来。同别人一样，出于男人的轻薄，相交而过的倘非女性，我也极少会去注意。然而此时不知何故，相距还有大约十多米，便留意起对方的风采来。尤其是其中一位身着淡青西服，外披风衣，配上血色甚佳的瓜子脸和银柄手杖，给人以潇洒倜傥的感觉。二人一面说着什么话，一面缓缓地迈步走来。正当擦肩而过时，我的耳朵出乎意料地猝然捕捉住一个感叹词“哎哟”。哎哟！我感觉到了心脏的搏动。这并非因为惊愕他俩是中国人，而是因了这偶然飞入耳廓的“哎哟”二字，种种记忆苏生过来的缘故。

---

①② 本乡台、蓝染桥，皆东京地名。

我忆起了北京的紫禁城；忆起浮在洞庭湖上的君山；忆起了南国美人的耳朵；忆起了云岗、龙门的石窟；忆起了京汉铁道的臭虫；忆起了庐山的避暑胜地、金山寺的塔、苏小小的墓、秦淮河的菜馆、胡适氏、黄鹤楼、大门牌香烟①、梅兰芳的嫦娥。同时也想到了因为胃肠的疾病而中断了三个月的我的游记。

我回首望了望他们，他们当然照样悠悠然谈论着什么，沿着霜后初晴的坡道走了上去。然而在我的耳中，那声“哎哟”却依然萦绕不绝。他们大约是从寄宿处外出公干的吧。没准儿其中一人便像《留东外史》里的张全一样，正要前往户山原②的杂木林中，与女孩子幽会亦未可知。而另一位呢，似乎也和小说中的王甫察相同，有一位相好的艺伎。我一面驰骋着对他们是失礼的想象，一面走到蓝染桥车站，坐上驰往动坂③的电车，返回位于田端④的家。

回家一看，大阪的报社⑤来了一份电报，内容是“原稿拜托”。我每每给薄田氏平添麻烦，思之惶恐不安。不过老实坦白说，尽管诚惶诚恐，但当肚子不适，或是连日睡眠不

---

① 疑为前门牌香烟。

② 户山原，东京新宿区地名，今早稻田大学文学部附近。

③④ 动坂、田端，皆东京地名。

⑤ 指大阪每日新闻社。

足、全无兴致时，也不是没有过掷笔抛荒的时候。然而看到这封电报后，一种急切地想将《上海游记》的续篇写出来的心情油然而生。于是这一声“哎哟”在我的耳际留下了难忘的回响，于薄田氏于我自己，都成了意外的福音。

我所通晓的中文词语，勉勉强强只有二十六个。其中之一竟偶然地飞入了我的耳廓，并且总之唤醒了什么东西。这件事说得夸张点是天缘。固然，倘为恼于我的不通之文的读者设身处地地考虑的话，比之天缘，毋宁当称天灾亦未可知。不过，若称之为天灾，则读者也要不屑一顾了。对于无意中听到一声“哎哟”，彼此都应当感谢才是。这就是在着手写作正文之前，要加上这段前言的理由所在。

一　车　　中

坐上驶往杭州的火车后，列车员前来查票。这位列车员身穿橄榄色制服，头戴嵌有金线的贝雷帽。与日本的列车员相比，似乎不太灵活。当然这样想是我们的僻见在作祟。我们甚至对列车员的风采，也动辄挥舞我们的规尺。约翰牛[①]认定倘不作道貌岸然态，便非绅士。山姆大叔[②]

① 约翰牛(John Bull)，指英国人之典型。

② 山姆大叔(Uncle Sam)，指美国人之典型。

断言倘无金钱便非绅士。而呷嗜[①]——至少在起草游记时——则以为倘非一掬旅愁之泪，沉醉于风景之美，做出游子之态，便算不得绅士。无论何时何地，我们都不应为这种僻见所包围。我在这位怡然自得的列车员验看车票之际，发表了这番僻见论。当然不是对着中国列车员高谈阔论，而是向着为我导游、共赴杭州的村田乌江君大发宏论的。

火车开了许久许久，窗外始终是菜田和紫云英盛开的原野。不时会有羊儿、碓房出现，还看见大水牛慢吞吞地走过田间小道。五六天前，也是和村田君一道，漫步在上海郊外时，突然一头水牛堵住了去路。若是动物园的栅栏内倒也罢了，咫尺之外与这么一头怪物遭遇，在我还是头一次，惊奇之际，不禁退却了那么小半步。于是立刻遭到了村田君的轻蔑："胆子好小啊。"今天当然不会惊叹了，不过稍稍觉得有点儿稀奇，刚想说："哎，那儿有头水牛。"可终于压住了没说，故作泰然自若的神态。村田君在那一瞬间肯定很钦佩我也变成了颇为像样的中国通。

车厢里分成小间，每间可乘八人。当然这一小间里，除了我们两个并无他人。小间正中的桌上，放着茶壶茶碗。不时会有青衣侍者送来热毛巾。乘坐起来并不觉得不

---

① 呷嗜（Jap），对日本人的蔑称。

舒适，但我们坐的这是一等客车。说到一等车，我想起有一次从镰仓偶尔坐上一等车厢，让人折福的是居然单独与某位亲王相对而坐，真是不胜惶悚之至。而且当时我拿的是红票还是白票[①]，自己也不甚了了。……

二　车中(承前)

不知何时火车已过了嘉兴。偶向窗外一望，只见家家临水而建，其间石桥高高拱立。水中似乎也清晰地倒映出两岸的粉壁，加之两三艘仿佛是南画里画出来似的船儿系在水际，透过嫩芽初吐的柳枝，望着如许风景，陡然涌起某种类似中国情结的感觉。

“哎，那儿有桥啊。”

我得意非凡地说道。因为我以为桥大约总不至于像水牛那样，招致轻蔑。

“嗯，有桥。那种桥挺不错的。”

村田君立即赞成道。

那座桥刚刚隐没，这下又是一望无际的桑园，桑园尽处是画满广告的城墙。在古色苍然的城墙上用鲜艳的涂料画上广告，是现代中国的流行时尚。无敌牌牙粉、双婴牌

---

① 当时一等车为白色车票，三等车为红色车票。

香烟——这类牙粉香烟广告在沿线所到各站，几乎无处不见，中国到底是从什么国家学来这套广告术的呢？其答案便在于此地也无处不有的雄狮牙粉及仁丹[①]之类俗恶之极的广告。日本在这一点上，委实是尽了邻邦之厚谊。

火车外面依旧是菜田和紫云英盛开的原野。不时还会从松柏之间，露出一二古冢。

“哎，那儿有坟墓啊。”

村田君这次没像桥时那样，响应我的兴叹。

“我们在同文书院的时候，就常常从那种倒塌的坟墓里，偷了头盖骨回来。”

“偷回来做什么？”

“做玩具玩。”

我们一面喝着茶，一面谈论着诸如用烤焦的脑髓做药医治肺病、人肉的滋味颇类羊肉之类野蛮的话题。不觉之间，车窗外已然结荚的油菜之上，火红的夕阳正流光泛彩。

三　杭州一夜(上)

抵达杭州车站，已是晚上七点了。昏暗的电灯光下，

① 雄狮牙粉、仁丹都是日本商品。

守候着海关的官员，我将红色皮包拎到那官员面前。皮包里面塞满了信手放进去的书籍、衬衣、酒心巧克力之类。官员神色哀哀地着手将衬衣一一叠好，将掉落下来的巧克力拾起，整理着皮包。至少看来是这样。因为检查一通之后，皮包里面收拾得齐齐整整。他用粉笔在皮包上画了个圈，我说了句中文“多谢”，表示谢意。然而他依旧神色哀哀地整理着别的皮包，甚至连看也没看我一眼。

除了官吏以外，尚有众多旅馆揽客者麇集于此，一看见我们，他们便口口声声地嚷着什么，或挥舞小旗，或将五颜六色的广告塞将过来。而我们预定投宿的新新旅馆的旗子，却怎么找也找不到。于是厚颜的揽客者们便滔滔不绝地口中说着什么，伸手要来夺我们的包，任凭村田君如何斥骂，毫无畏缩的神气。在这种场合我自然便像麻雀岗上的拿破仑①一样，悠然地睥睨着他们。不过等候了几分钟后，当身着一袭古怪西装的新新旅馆接客人终于出现在我们面前时，老实说还是觉得喜出望外。

我们依照接客人的指令，坐上了车站前的黄包车。车把刚一抬起，车子猛然便飞奔向狭窄的街道。路上几乎是漆黑一片。路面极度凹凸不平，车身颠簸得也非同小可。

---

① 麻雀岗为今莫斯科大学所在地，当年拿破仑就是站在这里俯观莫斯科城大火的。

途中大约曾一度路过戏院，听到过一阵喧嚣的锣声。可是自从过了那儿之后，便再无人息。暖意微微的街头，唯有我们的车子发出响声。我衔着雪茄，不知不觉之间玩味起天方夜谭似的罗曼蒂克的感觉来。

少间，道路变得宽阔了，不时可见门口点着电灯的高大的白壁邸宅。——这么说未免词不达意。起初只见黑暗之中朦朦胧胧地浮现出白色的物体，然后变成了耸立于无星的夜空中的白色墙壁。再其后，现出了刳墙而成的细长的门户。门口红色的名牌上，投射着电灯的光芒。这时我看到门内还亮着电灯的房间、对联、琉璃灯、盆栽的玫瑰，有时还看得见人影。我再没见过什么东西比这眼前一闪即逝、灯火通明的邸宅内部，更加美得难以想象。那里似乎存在着某种我们不知的、秘密的幸福。苏门答腊的勿忘我，鸦片幻梦里出现的白孔雀——似乎便有这一类东西在内。自古中国的小说里，便多见这种描写：深夜迷路的孤客借宿于某堂皇富丽的邸第，翌朝醒来一看，大厦高楼原来是荒草丛生的古冢，或是山野僻处的狐穴。此类故事比比皆是。我在日本时，只以为这类鬼狐故事也是凭机想象而已。然而如今看来，这些故事即便算是想象，但在中国都市田园的夜空中，也是蕴蓄着其理所当然的根据的。从夜的底处浮现出来的白壁宅邸——对这梦幻般的美，古今的小说家们定然也与我相同，感受到某种超自然的存在。适才看到的宅第门口，挂着“陇西李寓”的名牌。说不定那屋内古风依然的李太白正凝望着虚幻的牡丹，频倾玉盏亦未可知。我如若与他相见，有许许多多的事情想请教。他认为太白集中，究竟哪种刊本正确？对于朱迪·戈蒂埃[①]翻译的法文版《采莲曲》，他会喷笑呢抑或是嗔怒？而对胡适氏、康白情氏等现代诗人的白话诗，又持何种见解？我正浮想联翩之际，车子忽然拐过横街，来到一条宽阔无伦的大道上。

四　杭州一夜(中)

这大道的两侧，灯火辉煌的廛肆房鳞屋栉。可是行人稀疏，毫无热闹的气象。毋宁正因了道路宽阔，就像新开辟的街市尽皆难免的，反而更给人以莫名的岑寂之感。

“这儿是城外，走到底就是西湖了。”

坐在后面车上的村田君朝我这样招呼。西湖！我眺望着道路的尽头，然而纵然是西湖，深锁在黑夜之中也无可如何。不过坐在车上的我，脸上感受到从遥远的黑暗之中

---

① 朱迪·戈蒂埃(Judith Gautier，1845—1917)，法国作家。著名文人泰奥菲尔·戈蒂埃(Théophile Gautier，1811—1872)的女儿。曾跟一位叫 Tin－tun Ling 的中国人学过汉语。译过李白、杜甫诗，但芥川认为其译诗“八成是创作”。

有凉风徐徐吹来，我觉得仿佛是来到月岛[1]欣赏十三夜的月亮一般。

车子又跑了一阵，终于到了西子湖畔。那里有两三家大旅店，家家灯火通明。可是，这也如同方才的店家一样，徒然增加明亮的落寞而已。西湖在微白的道路左畔，摊开满湖昏暗的水面，静谧一片，微澜不兴。而宽阔无伦的大道上，除了我们二人的车子，连一只小犬也不见。我开始怀念起白天的旅馆来，站在二楼，望着街上来来往往的行人；怀念晚饭、卧床、报纸——要之，怀念起“文明”来。然而车夫依旧继续默默地奔跑，路也是依然杳无人迹，却似乎永无止境。旅店也——旅店早已远远地落在了后面。现在唯有湖边立着一排大约是杨柳的树木。

“喂，你说，新新旅馆还有多远？”

我扭头看看村田君。这时村田君的车夫大概咄嗟之间猜出了我的意思，先于村田君答道：

“十里！十里！”

我突然感到一阵悲哀。还得再跑十里的话，那么不等赶到新新旅馆，一定已经东方大白。如此看来今晚得绝食了。我再一次朝村田君招呼，那声音连自己听了也觉得可悲：

---

① 月岛，东京地名，在中央区，西临东京湾，从前是名副其实的赏月的去处。

“还有十里，倒蛮让人吃惊的嘛。我肚子可有点儿饿了。”

“我也饿了。”

村田君抱着胳膊坐在车上，恬然衔着中国纸烟。

“十里没啥大不了的，他说的是中国里数的十里——”

我终于安下了心，可转瞬又失望起来。虽说六町[1]为一里，但十里毕竟也有六十町。枵腹难禁，还得坐在车上黑夜里颠簸一日里[2]多！对谁而言这都不是可喜可贺的行程。为了解消失望，我开始念念有词地一一背诵起从前学过的德语文法规则来。

从名词开始，背诵到强变化动词时，偶然往四下一望，不知何时街道变窄了，而左右则林木茂密。令人殊觉奇怪的，是树木之间飞来舞去的极大的萤火虫光。说来，萤火虫在俳谐[3]中也被用作夏天的季题。可眼下方才四月，仅这一点就已经不可思议了。加之每当其光环猛然出现时，大约是四周漆黑一片的缘故吧，居然仿佛有灯笼般大小。望着这荧荧青光，我仿佛看见了磷火一般，毛骨悚

---

① 町，日本的长度单位，一町约合一百零九米。

② 日里，日本长度单位，一日里为三十六町，约合三千九百米。

③ 俳谐，即俳句，日本传统诗体之一。十七音节，三顿，即五、七、五。据称系世界上最短的诗体。

然，同时也又一次沉浸于罗曼蒂克的心情之中。然而关键的西湖夜色却似乎隐没在屋宇的阴影之中。道路左侧的树木背后，变成了长长的土墙。

“这儿就是日本领事馆哟。”

村田君的声音传来时，车子突然从树木中蹿出，沿着平缓的坡道直奔下去。于是眼看着我们面前便出现了微明的水面。西湖！此刻我心中的确满溢了西湖情结。茫茫烟水之上，中天云裂处，流溢出窄窄的月光。而横亘水面的，一定不是苏堤便是白堤。堤上呈三角形高高地拱起的照例是座双拱桥。这美妙的银色与黑色，到底是在日本无缘一睹的。我坐在颠簸的车上，不禁挺直了身体，久久颙望着西湖。

五　杭州一夜(下)

我们抵达新新旅馆，是又过了不到十分钟之后。此处无怪乎号称新新，总之是座欧风旅邸。可是当我们和中国侍者爬上狭窄的后楼梯，来到二楼我们的房间一看，许是轻视东洋人吧，却并非舒适的所在。首先，狭窄的房间里放了两张床，显然是中式客店的做派。加之要紧的房间位置，又是在旅馆后部的一角，什么坐在房间里便可眺望西湖的奢望，更是无望之想了。然而因为黄包车、饥饿与罗曼蒂克而疲竭不堪的我，在这房间的椅子上落座后，还是终于恢复了人的感觉。

村田君立即向侍者叫了西餐。可是他称食堂已关门，无法做西餐。于是只得改叫中餐。然而一看侍者端来的盘子，却像是谁吃剩下来的东西。据偕乐园[①]的老板说，有一道称作全家宝的中国菜，便是残羹剩菜的集大成。我望之生畏，问道这几盘中国菜中有无全家宝。于是村田君接口答道：全家宝可不是这种玩意儿。我自水牛以来再度遭到了轻蔑。

侍者在这期间，少见多怪似的觑着我们，口中不住地唠叨着什么。请村田君翻译了一听，原来他说的是如果我们持有中心开孔的银币的话，请给他一枚。那么要这种银币做什么呢？一问他，回答说是用作西服背心的纽扣。真是匪夷所思。看看他的背心，果不其然纽扣全是用中心开孔的银币做成的。村田君一面大口喝着啤酒，一面信口开河地保证说，这件背心如果拿到日本去，一定能卖五毛钱。

我们用毕晚餐，下楼走到大厅。可是那里除了相框和廉价家具之外，不见一个客人的身影。不过走到大门口一

---

① 偕乐园，当时东京日本桥的一家中餐馆，多文人出入，店主笹沼源之助是芥川中学时的前辈。

看，只见石阶上桌子四周，男男女女五六个美国佬，正咕嘟咕嘟地大口喝着酒，一面扯着嗓门唱歌。尤其是那位秃头先生，搂着女人的腰肢，引吭高歌，好几度差点连同椅子一块儿翻倒在地。

正门外左手，搭有玫瑰花架。我们伫立在花架下，举头仰望着簇拥在细细的绿叶丛中的红色花朵。花儿在远远射来的灯光下放着幽幽的清香。刚觉得花儿怎么亮晶晶的有点儿湿润，却原来不知几时阴暗的天空下起蒙蒙细雨来。玫瑰、微雨、孤客心——至此也许足以入诗。但咫尺之外的正门之内，酩酊大醉的美国佬们正在高声喧哗。面对如此情形，我无论如何也做不到《天鹅绒之梦》的作者[①]那样，我浪漫不起来。

这时，静静地，从门外，两乘被雨水淋湿的轿子，由四名轿夫抬了进来。轿子在正门口刚一停定，率先钻出轿子的，是一位风度翩翩、身穿中式服装的老者。继而走下轿子的——坦白地说，我至少想说是普普通通的容貌，可是事实上毋宁说相貌颇丑。然而青瓷色的缎子衣裳配以晶莹闪烁的水晶耳环，的确给人以风流娴雅的感觉。少女依从老者指示，随着迎迓至门口的掌柜走进了旅馆。留在后面的老者便让恰好赶来的侍者支付轿夫们的脚钱。望着此

---

① 即下文提到的谷崎润一郎。

情此景，我又一次变节了。如此情景，我觉得自己似乎也做得到像谷崎润一郎一样，变得罗曼蒂克起来。

然而归根结蒂，命运对我们的浪漫主义却很残酷。此时突然从正门口踉踉跄跄地走下台阶的，正是那位秃头美国佬。他的同伴向他喊了句什么，他一面做出一个奇怪的手势、一面回答了一句“bloody”[①]什么。上海的洋人每每爱用这令人毛骨悚然的“bloody”一词来取代“very”。仅此一点就已经令人不快了，更有甚者，他跌跌撞撞地在我们身旁刚一停下，便转过身去背对着正门，旁若无人地小便起来。

浪漫主义哟，永别啦。我和陶然欲醉的村田君返回了悄无人息的大厅，心中燃烧着十倍于水户浪士的攘夷精神[②]。

六　西湖(一)

旅馆前的栈桥上，在朝阳的照耀下，槐树叶子疏影浮动。那里，一艘前来迎接我们的画舫正舣舟以待。画舫这名字似很风雅，可是画舫的画字究竟因何而来，却不得而

---

① bloody，very 的俗语，原有“血淋淋的”之意。

② 出身水户、被剥夺藩籍的武士(即“浪士”)是江户末期“尊王攘夷”运动的中心。

知。不过是张有白色遮阳布篷、装着黄铜把手的平凡至极的小船罢了。那画舫——总而言之，既然被告知是画舫，今后也打算继续呼之为画舫——那画舫载着我们，在一个看似好好先生的船老大的手中，悠悠地被摇进湖中。

湖水不如想象的深。从浮萍飘荡的水面，可以看见莲芽初吐的水底。起初还以为是因为距湖岸近的缘故，可到处好像都是如此。笼统地说，与其称之为湖，毋宁更近于巨大的水田。据闻这个西湖若听任其自然的话，很快就会干涸，因而千方百计堵住水，硬生生不让它外流。我倚在船边，不时拿着村田君的手杖往浅浅的湖底泥土中戳去，吓唬在水藻间游来游去、形似虾虎的鱼儿。

我们的画舫对面，从日本领事馆一带直至浮在湖中的孤山，有一道长堤相连。查看西湖全图，这便应当是从前白乐天修筑的白堤。不过石印的画图上画有柳树之类，许是重修时砍去了吧，如今还是一道寂寞的沙堤。这条堤上有两座桥，靠近孤山的叫锦带桥，靠近日本领事馆的叫断桥。断桥在西湖十景中，是观赏残雪的名胜，前人留下的诗词也不少。桥畔残雪亭中，就立有清圣祖的诗碑。其他如杨铁崖①的“段家桥头猩色洒”，张承吉的“断桥荒藓涩”，说的都是这座桥。这般娓娓道来似乎显得很博学，

① 杨维祯(1296—1370)，字廉夫、铁崖、号铁笛。元诗人，绍兴人。

其实都见于池田桃川[①]氏《江南名胜史迹》一书，丝毫不足以自豪。首先那断桥，就只曾遥致敬意：“啊，那便是断桥么。”而终究没有摇船过去。可是，浮萍稀疏的湖中，白白的长堤横贯——尤其近前一看，一位辫发低垂的老人，折柳枝为鞭，悠然地赶着马。此情此景，倒也如诗如画。乐天的西湖诗中有“半醉闲行湖岸乐，马鞭敲镫辔玲珑。万株松树青山上，十里沙堤明月中”云云，纵然有昼夜的不同，我却觉得与此刻的心情颇相仿佛，毋庸赘言，这首诗也同样是轻引自池田氏的书。

画舫从锦带桥下穿过，立即取道向右。右面即孤山，这也是西湖十景之一，称作平湖秋月的，便是这一带的景致。话虽如此，眼下却是晚春的一个上午，望之只能徒然兴叹。孤山上，似乎是富人府邸，因为巨大反而显得庸俗的门和白壁绵亘相连。船划了一阵，驶过此处之后，眼前突兀地出现了一座气品极佳的三层楼房。临水而建的门既佳，左右的石狮亦佳。正猜想这是何等人物的府第，原来却是曾做过乾隆帝行宫、名满天下的文澜阁。这里与金山寺的文宗阁（镇江）、大观堂的文汇阁（扬州）一道，各藏有一部四库全书。加之庭院壮美，便弃船登岸欲求一见，可谁知却两者均不示凡人。我们无奈只得沿着湖岸去

① 池田桃川(1889—1935)，汉学家。

看了看从前的孤山寺即今天的广化寺，然后向前方的俞楼走去。

俞楼是俞曲园的别业。规模尽管很小，倒也未始不是惬意的居所。据说是因了东坡故址而得名的伴坡亭后，修竹与书带草丛生之中，有一长满水藻的古池，令人心旷神怡。池畔登高一望，所谓曲曲廊的尽头，有一镶嵌于墙壁上的石刻。这便是彭玉麟[①]为曲园所作的梅花图——或者不如说，这正是本乡曙町[②]谷崎润一郎府二楼上挂着的那幅吓人的梅花图的原本。看过曲曲廊上的小轩——据匾额应叫碧霞西舍——后，我们下山再度来到伴坡亭。亭内四壁吊满了曲园、朱晦庵[③]、何绍基[④]、岳飞等人的拓本。拓本如此众多，竟也会让人萎缩了必欲得之而后快的念头。亭子正面，郑重其事地悬挂着一个镜框，内装长髯飘逸的曲园照片。我啜着主人家端来的一碗茶，仔细端详着曲园的面相。据章炳麟氏所撰的《俞先生传》（这可不是转引他人著作），“雅性不好声色，既丧母妻，终身不肴食”。果然看来不无如此可能。“杂流亦时时至门下，此其所短

---

① 彭玉麟（1816—1890），字雪琴，清末湘军将领，衡阳人。

② 本乡曙町，东京地名。

③ 朱熹（1130—1200），字元晦，一字仲晦，号晦庵，称紫阳，宋代大儒。

④ 何绍基（1799—1873），字子贞，号东洲，晚号蝯叟。清诗人，书家。有《东洲草堂诗钞》等。

也。”如此来说多少有点俗气。也许正因为俞曲园有这么一点世俗之气，才得了一位为他筑造这样一所别业的出色的学生也未可知。君不见不带一点俗气、玲珑如玉的我辈，至今不但没有别业，而且只能以卖文来维系朝露也似的性命。我面对放了玫瑰花的茶碗，茫然地托着腮，小小地轻蔑了荫甫先生一回。

七　西湖(二)

其次去看了苏小小的墓。苏小小乃钱塘名妓，后世居然用苏小小作为艺伎的代称，其墓自然也自古以来便盛名远扬。然而如今前来凭吊，却见这位唐代美人的墓，原来是个上面盖以瓦顶、四周涂着类似白灰之类，全无诗情画意的土馒头。尤其是墓所在的一带，由于修造西泠桥，被糟蹋得无以复加，愈益显得索寞之极。少时爱读的孙子潇①的诗里有这么一首：“段家桥外易斜曛，芳草凄迷绿似裙。吊罢岳王来吊汝，胜他多少达官坟。”可是，现在举目四望，却无处可见如裙的草色。唯有惨痛的阳光流洒在翻挖得乱七八糟的泥土上，加之西泠桥畔的路上，更有中国学生二三人在高歌排日歌曲。我匆匆地和村田君，一吊

① 孙君泽，号子潇，元代画家。

秋瑾女士墓之后，返身折回水际的画舫。

画舫又一度划向湖心，朝岳飞庙摇去。

“岳飞庙可好啦，古色苍然。”

村田君似乎是安慰我，谈起了旧游的记忆。可是曾几何时，我对西湖开始反感起来。西湖并不如想象的美。至少现在的西湖，并非足以令人流连忘返的去处。湖水之浅已如前所述。可是西湖的水光山色如同嘉庆道光年间的诸位诗人[①]，太过富于纤细感。对厌倦于粗犷豪放的自然景观的中国文人墨客而言，或许会以此为佳。然而我们日本人因为素稔于纤细的自然景致，所以会觉得美固美矣，却尤嫌不满。不过，倘若仅止于此，则西湖犹自不失为不胜春寒的中国美人。然而这位中国美人却因了湖岸的红灰二色、俗不可耐的砖结构建筑，而被赋予了垂死的病根。非也，不独西湖，这灰红二色的砖结构建筑，犹如巨大的臭虫一般，蔓延于江南一带，其结果不论古迹也罢名胜也罢，将风景悉数破坏无遗。我刚才在秋瑾女士墓前也看到了这红砖拱门时，不仅为西湖，同时也为女士的在天之灵大鸣不平。以为作为伴着“秋风秋雨愁煞人”的诗句殉身革命的鉴湖女侠的墓门，未免失于不敬。而且这西湖的俗化不无日益蓬勃的

① 1796—1850 年间。其时著名诗人龚自珍、舒位等人创“新体”，为时所称。

倾向。十年过后，湖畔鳞次栉比的洋楼之内，每家每户都有一个美国佬酩酊大醉，而每幢洋楼门前各站一个美国佬大撒其尿——我总觉得这是势所必然。

曾几何时读苏峰先生的《中国漫游记》，苏峰氏曾说过倘能做个驻杭州领事悠然度过余生幸莫大焉之类的话。然而甭说杭州领事了，纵算任命我做浙江督军，与其守着这片泥沼，我也宁肯住在日本的东京……

在我攻击西湖之时，画舫穿过跨虹桥，划向西湖十景中的另一处：曲院风荷。这一带既不见红砖洋楼，还有柳林环绕着粉壁，而桃花也尚未开残。左边遥见赵堤的林荫之中，苍苔青青的玉带桥隐约倒映在水里，也许颇近南田①画境。船摇至此处时，我为了防止村田君误解，对我的西湖论又略施增补。

“当然西湖虽说不足道，可也不是说尽然如此。”

画舫驶过了曲院风荷，停在岳王庙前。我们赶忙弃舟登岸，前去参拜自《西湖佳话》②以来便熟稔的岳将军之灵。于是只见庙墙八分是重筑，簇新闪亮，四下里泥沙成堆，暴露出正在改建的丑态。当然，曾令村田君喜不自禁的古香古色也荡然无存。唯有仿佛劫难过后的院内，成群

---

① 恽格(1633—1690)，字寿平，号南田、白云外史。江苏人，清初画家，诗书画俱长，尤擅没骨花鸟。清六家之一。

② 《西湖佳话》，十六卷，古吴墨浪子辑，成书年代不详，传入日本较早。

的土工和泥水匠穿梭来往。村田君将照相机刚拿出一半，便泄气似的停住了脚。

“这可不行。这样一来多不成体统。那我们去看看墓吧。”

墓和苏小小的一样，是涂了白灰的土馒头。当然到底是名将，远比苏家丽人的墓为大。墓前立着一块苔痕斑斑的石碑，上面粗笔大书“宋岳鄂王之墓”。墓后竹木的荒芜，在并非岳家子孙的我们眼里，也只感到诗趣。“鄂王坟上草离离”——好像有谁写过这样的诗句。可是，因为不是轻引自别人的著作，故究竟是谁的诗，反倒不甚了了。

八　西湖(三)

岳飞墓前的铁栅栏中，有着秦桧、张俊等人的铁像。那铁像的姿势，我猜测一定就是所谓面缚了。据说来此参拜的民众因为对他们的奸慝深恶痛绝，竟至一一向这些铁像撒尿。不过所幸现在哪座像都没濡湿。只是四周的泥土上，叮着好几只苍蝇，悄然向远来的我送来不洁的暗示。

虽说古来恶人固多，但像秦桧那样惹人憎恨的却也少见。在上海一带，街头有卖一种细棒形状的油炸面点[①]，记得汉字写作“油炸块”[②]。依宗方小太郎[③]之说，其原意为油炸秦桧，故正式名称应为“油炸桧”。看来民众这玩意儿，只理解单纯的东西，中国亦复如是。关羽也罢岳飞也罢，众望所归的英雄，都是单纯的人。纵使不是单纯的人，也是易被单纯化的人。只要不具备这一特色，任是何等不世出的英雄，也不容易得到普通百姓的欢心。例如井伊直弼[④]获立铜像，死后要花几十年；而乃木大将[⑤]成为天神，则几乎连一个星期也不要。而正因为如此，倘成为敌人，则与这种英雄为敌最易招致众怒。秦桧不知是何种恶因恶果，抽到了根倒霉的签。其结果便正如所见，直到中华民国十年，还得遭受悲惨的待遇。我也曾在这一年的《改造》新年号上写了篇题为《将军》的小说。然而此生有幸生在日本，即未遇上惨遭油炸的无妄之灾，当然也没有被小便浇身，只不过仅仅被删去了一部分文字，再加

---

① 指油条。

② 原文用繁体字“塊”，恐为“鬼”之讹。

③ 宗方小太郎(1864—1923)，曾参加中日甲午战争，后在上海设东方通讯社，并参与同文书院的创建。

④ 井伊直弼(1815—1860)，江户末期大老(最高行政官)，因将军继承人问题与水户藩对立，并未获敕许即与外国缔约，镇压反对派，后遭暗杀。

⑤ 乃木希典(1849—1912)，帝国主义军人，日俄战争的“英雄”，明治天皇驾崩时与夫人自杀殉死。

上杂志编辑被当局传去申斥了两三次而已。[①]

说到秦桧，他竟被深恶痛绝到何等程度，顺便介绍一则小品，是叙述个中消息的，出自清人景星杓[②]《山斋客谭》。

*

“那是几年之前了，我借住在江左某寺读书，突然邻家阿婆被鬼物附了身。”

严晓苍说道。

“阿婆白眼上翻，扫视着一家男女，频频怒骂：我乃冥道押使，今押秦桧鬼魂赴阎王府归来，途中经过此处，被这老泼婆泼了一身污水，如若好好款待则罢，倘不然，非把这泼婆拖到阎王面前去。……

“一家男女大惊失色。可是先得弄清附在阿婆身上的是不是真的冥土使者，便向她问了许多问题。于是阿婆照旧傲然端坐，回答得干净利索。由此看来的确是鬼使无疑。事已至此，一家男女急忙焚化纸钱，奠酒祝祷，百方祈求。诸位周知，冥土当差的，也和阳界当差的一样，只

---

① 《将军》发表于《改造》1922 年 1 月号，因明显地讽刺了乃木希典，招致当局不快。

② 景星杓(1652—1720)，字亭北，清代学者。

要施以贿赂便平安无事了。

“过了一会儿，阿婆仆地而倒。随即又站起身来，这时大约鬼使已经离去，只有两只眼睛转来转去。鬼物附身并不是稀奇的事。可是附在阿婆身上的鬼，在回答一家男女的提问时，谈到了幽冥之中的事。

“问：秦桧到底怎么样了？如果不要紧的话，请告诉我们。

“答：秦桧这厮此番轮回，生为金华女子，大胆竟犯谋夫之罪，被处磔刑。

“问：但秦桧不是宋人么？直到过了金元明三朝之后才治其罪，岂不太晚了吗？

“答：桧贼恣唱议和，妄害忠良，罪不容诛。天曹憎其罪深，断磔刑三十六次，斩罪三十二次。共计六十八次死刑。绝非从轻发落。

“总之，大体就是这样。秦桧之罪固然可憎，但这般惩罚是不是有点过分？”

严晓苍是严灏庭的曾孙，绝不是虚言不实的人。

九　西湖(四)

参拜过岳王庙后，我们又泛画舫返回孤山东岸。这里的槐树与梧桐树的树荫之下，有一家饭馆，挂着楼外楼的酒旗。据《读卖新闻》刊载的游记，武林无想庵[1]夫妇新婚燕尔时，就在这楼外楼中用过餐。我们也嘉纳船老大的进言，决定在这店前槐树下吃顿中式午餐。只不过，坐在我们面前的，却是因为醉心于押川春浪[2]的冒险小说，竟至中学时代离家出走，到某艘军舰上当杂役，曾经历过八月十号旅顺海战[3]的，傲骨棱棱的村田君。我一面等着上菜，一面瞒着村田君，悄悄地艳羡了一回无想庵氏。

我们的餐桌如前所述，设在树影横斜交错的槐树之下。就在桌前我们的脚下，便是波光潋滟的西湖。湖水荡漾，连拍击在岸石上的声音听上去也十分优雅。水边有三位身着青衣的中国人，一个在清洗毛已被拔光的鸡，一个在漂洗旧棉袄，一个则稍稍离开，坐在柳树根下，悠悠自适地守着钓竿。突然，那男子倏地高举起钓竿，只见钓丝的底端，一尾鲫鱼在空中欢蹦乱跳。——这光景赋予了烂漫春光颇为悠闲的感觉。而在他们面前，西湖烟波缥缈地敞开胸襟。我在这一瞬间，确乎忘记了红砖建筑，忘记了美国佬，望着眼前和平的景色，我心中产生了小说也似的情绪：石碣村的柳梢，挥洒着晚春的阳光。阮小二坐在柳

---

① 武林磐雄(1880—1962)，又名盛一，号无想庵，小说家。

② 押川方存(1876—1914)，号春浪，以“军事爱国冒险未来小说”出名。

③ 旅顺海战，指日俄战争期间，日本联合舰队与俄国旅顺舰队之间的海战。

树根下，自刚才起就在专心致志地垂钓。阮小五洗好了鸡，转身回家去取厨刀。那位“鬓插石榴花、胸刺青豹”的、可爱的阮小七，还在洗着旧棉袄。这时不紧不慢地蹀躞而来的——

可不是什么智多星吴用。而是手挎大篮子、甚为散文式的卖粗点心的。他来到我们身旁，便叫卖起奶糖来。如此一来则万事休矣。我从《水浒传》的世界里，像跳蚤一般跃了出来。天罡地煞一百单八人中，卖奶糖的豪杰可一位也没有。不唯如此，此刻湖面上一只涂得雪白的划艇，由四五个女学生划着，正朝湖心亭方向猛进！

十分钟后，我们啜着老酒，品味着姜烩鲤鱼。这时又来了一艘画舫靠在槐荫下。看看登岸的客人，是一男三女，还有一个不辨男女的小小的婴儿。其中一位女子看打扮大概是乳母之类。男子戴着金边眼镜，是位——真是无巧不成书——和无想庵氏相貌相像的巨汉。后面的两位女性一定是姐妹俩，各穿一件相同的桃红和蓝条子的斜纹哔叽衣裳。容貌比起昨夜的少女来，至少要美过两成。我一面举箸夹菜、一边不时注意观察他们。他们在我们身旁的桌子边落座，等菜上来。姐妹俩悄声低语，时而向我们流眄一望。当然说得严密点，是村田君说什么要拍一张我就餐时的照片，摆弄着照相机——这引起了她们的注意，也许并没有什么好得意的。

“你说，那个姐姐是个小媳妇吗？”

“肯定是小媳妇儿啰。”

“我可看不出来。中国的女子只要不超过三十岁，个个看上去都像是未婚小姐。”

正这么一来二往之间，他们开始用膳。青青枝条低垂的槐树下，这个摩登的中国家庭兴致勃勃地进餐，这一场面，仅仅是从旁观察也颇有兴味。我点燃一支雪茄，不厌其烦地审视着他们。断桥、孤山、雷峰塔——谈论这些胜境美景，全权委托苏峰先生即可。对我来说，较之于湖光山色，还是观察人，要远为愉快。

然而我不能无休无止地对他们的用餐致敬。我们付了账后，随即为了前往三潭印月，做上了画舫乘客。三潭印月从孤山望去，恰好在靠近对岸的岛屿左近。岛名叫作什么？在西湖全图中和池田氏的旅游指南中均无记载。这座岛屿的附近，东坡出任杭州太守时，建了一些石塔作为航标，其中三个保存至今。石塔在月明之夜，会在水面上投下三个影子——唯有此话是确凿无误的。小舟在静静的湖面上划了相当长的时间，终于来到了位于柳林和芦苇深处的退省庵前的栈桥旁。

十　西湖（五）

走过栈桥，有一座门。门内水色清澄的池塘上，架着一座中国式的九曲桥。俞楼的回廊既然叫作曲曲廊，那么此桥不妨呼之为曲曲桥。桥上随处造有别致的亭子。走到亭子另一侧，炫目的西湖水面上，三个石塔赫然在望。那是在刻有梵文的圆形石头上覆以笠帽，说是塔和石灯笼也相差无几。我们坐在亭中，眺望着石塔，吸了两根中国纸烟。然后，聊了一会儿俄国的苏维埃政权的闲话，却好像没有提及苏东坡。

沿着九曲桥往回走，遇到了四五位年轻的中国人。他们都乔装打扮，携着胡琴竹笛。所谓长安公子之类，多半就是像这样的家伙。月白或绿色大褂儿，指环上睒睒生辉的宝石——擦肩而过时，我逐一打量了一番。于是发现在最后的男子，长着一张几乎与小宫丰隆①氏一模一样的面孔。后来在京汉铁道的列车上，曾有个列车员长得极像宇野浩二；而在北京，戏院的引座员中有一人跟南部修太郎②非常相似。由此看来，日本的文学家中，总的说来相

---

① 小宫丰隆（1884—1966），作家，芥川的前辈友人。

② 南部修太郎（1892—1936），小说家。与芥川有师徒之谊。

貌长得像中国人的甚多也未可知。不过此时是第一次，不免有点儿大惊小怪，心中竟暗自想象小宫氏的先祖中肯定——这般失礼的事情来。

这般写来，倒也仿佛天下太平，而其实此刻我正躺在床上，发着三十八度六分的烧。不待言，脑袋是飘飘欲仙，喉咙也痛得无奈。可是我的枕边摊着两封电报，内容都相去不多，要之都是敦促交稿的。医生嘱咐要躺着静养，友人则嘲讽我说壮哉芥川。然而事已至此，只要不发高烧，就不得不把游记继续写下去。以下几回江南游记，便是在这种情形下写就的。说起芥川龙之介便以为是闲人一个的读者诸君，速改谬见可矣。

我们参观了一番退省庵后，回到刚才的栈桥边来。栈桥上一位中国老爷子坐在鱼篮前，正和画舫的船老大聊天。瞅瞅那鱼篮，里面满满的竟都是蛇。一打听，原来和日本的放龟一样，这位老爷子每得到钱，便一条条地买了蛇来放生。任怎么说是积德累功，特特地花钱纵蛇逃生的日本人，恐怕一个也不会有。

画舫又载着我们，沿着岛岸，向雷峰塔摇去。岸边芦苇茂盛，其间摇曳着数株河柳。伸向水面的树枝上，刚觉得有什么东西在蠢动，原来却都是大鳖。不，仅仅是鳖的话也无甚惊人之处，稍稍上方的树杈上，一条赭石色的肥肥的蛇，将半条身子缠卷在柳树上，另外半条身子却在空中蠕动。我感到背脊仿佛隐隐作痒。不待言，这般感觉绝非令人心情愉快的东西。

少顷绕过岛屿，只见一水之隔、新绿悦目的对岸，雷峰塔兀地现出了身姿。举头仰望时的第一感觉，与伫立在花邸①近前仰望十二层楼②并无二致。只不过此塔的红砖墙壁上爬满了攀缘植物。不唯如此，连塔顶上也长着杂木，随风摇晃。塔身在阳光下迷离朦胧，幻梦般地耸立着，无比雄壮宏伟。红砖建筑假使都像这样，倒也无可厚非。说到红砖，雷峰塔的砖何以是红的？导游书上有一段故事，煞有介事，说的便是这红砖的来龙去脉。但这导游书并非指池田氏的著作，而是指新新旅馆出售的英文西湖旅游指南。我本打算将这段故事写完之后再投笔休息的，可是脑袋如此昏昏沉沉，无论如何也没勇气继续写下去。下文且待明日——不然，这样预先告明也麻烦。倘若明天肺炎发作的话，那便不可补救了。

十一　西湖（六）

据那本导游书 *Hangchow Itineraries*（杭州旅游指

---

① 花邸，东京浅草的游乐场，今犹存。

② 指当时浅草的凌云阁，十二层，砖造。

南）记载，距今约三百七十年前，西子湖畔屡遭倭寇侵扰。然而对他们这些海盗来说，雷峰塔是个极大的障碍。因为当时中国官方在塔上设立了瞭望哨，所以倭寇尚未接近杭州城，他们的一举一动中国官方就已了如指掌了。于是有一次，日本海盗围住雷峰塔纵火攻打，连续火攻三天三夜。由于如此原因，雷峰塔早在红砖尚未开始制造以前，就已变成红砖塔了。大致便是这样一个故事，至于其真伪，当然不打保票。

仰望了一会儿雷峰塔，我们便朝新新旅馆方向——今天热度比昨天低，嗓子的灼痛感也缓解了许多。照此下去不出三日也许便可以凭几而坐了。而游记的继续写作，却依然令人忧心如焚。因为是强抑着这种情绪在写，故不可能写出像样的东西来。反正一天一回，只要能搪塞交差便算大功告成，于是再重复一遍——仰望了一会儿雷峰塔之后，我们朝新新旅馆方向，将画舫徐徐摇将过去。

西湖此刻在我们面前展现出其东岸一带。对面——新新旅馆的上方，那座黄绿的石山据说是葛洪炼丹之地，名扬四海的葛岭。葛岭顶上有一庙，飞檐斗拱，宛如振翅欲飞的小鸟一般，其右侧与之相连的小山——据西湖全图叫作宝石山，山上可见保俶塔的窈窕身姿。这座塔亭亭玉立的姿容，与形同老衲的雷峰塔相比，诚如古人所言，有如美人回眸。并且葛岭上阴霾一片，而宝石山顶的草木上却流溢着娇艳的阳光。在这群山脚下，包括我们下榻的饭店在内，并非全无红砖洋楼。不过，大约因为都相距很远吧，并不十分夺目，这一点实为大幸。唯在两座山的斜坡交会之处，有白白的一线相连，那便是今朝路过的白堤。白堤左手尽处，虽不见楼外楼的酒旗，却可见新绿苍翠的孤山横亘于斯。这样的景色任如何评说，其美不胜收也是不容否定的。尤其是此刻，点点菱叶飘浮的水面闪烁着暗淡的银光，遮瞒了湖底的浅。

“这下上哪儿去？”

“去放鹤亭看看吧，那是林和靖住过的地方。”

“放鹤亭在哪儿？”

“孤山呀。就在新新旅馆前面——”

登上放鹤亭，是在二十多分钟之后。画舫到这儿，得穿过锦带桥，然后再横穿为白堤所环抱的所谓里湖。我们在梅叶青青之中观赏了放鹤亭，还去看了位于更高处、翘然而立的林逋的巢居阁，以及建于其后，也是一个大土馒头的“宋林处士墓”，在那一带徘徊徜徉。林逋无疑是高人，可是同时也无疑不像日本的小说家那样贫困潦倒。据林逋七世孙林洪所著《山家清事》，林洪的隐居生活是“舍三，寝一，读书一，治药一。后舍二，一储酒谷，列农具山具，一安仆役庖厨，称是。童一，婢一，园丁二，犬十二足，驴四蹄，牛四角”。倘若和靖先生也是如此的话，则不得不承认比月租十五元赁屋而居远为富裕。只要有人给我在箱根[①]附近营造一间主屋外加一间储藏室，书斋、寝室、女佣住房等一应俱全，并且还有一个书童、一个女佣、两个男仆，要模仿林处士，就是在我也不是什么难事。而让鹤在水边梅下翩然起舞，只要鹤同意，也是轻而易举的事。只不过如果是我的话，"犬十二足，驴四蹄，牛四角"倒毫无用处，如数奉送给你好了。由你随意处置。——看完放鹤亭后，在走回岸边画舫的路上，我发表了这么一通高论。湖边柳絮飞舞，二三十个中国女学生结队向西泠桥走去。

十二 灵 隐 寺

我坐在新新旅馆脏兮兮的二楼，写着几张彩色明信片。村田君业已睡去。昏暗的窗玻璃上，一只壁虎鲜明得出奇，趴在角落里。我目不斜视地走笔疾书……

致丰岛与志雄[②]：

今天在去灵隐寺的途中，顺道看了看清涟寺。只

---

① 箱根，在神奈川县，为风景胜地。

② 丰岛与志雄(1890—1955)，小说家，曾与芥川一起创刊同人杂志。

见长方形的大池子里，有许多黑红鲤鱼。此处美称玉泉鱼跃，该寺即以五色锦鲤闻名。虽然号称五色，实际上至多只有三色。临池的亭中，放着藤椅和桌子。在那儿落座后，便有和尚送来茶和点心。说是送来，当然并非免费。就是说看似和尚养鱼，其实是鱼养和尚。君乃染井钓池[①]彻夜垂钓的豪杰，看到该寺的鲤鱼的话，一定会顿生羡渔之情。

致小穴隆一[②]：

诣灵隐寺。途中有小石桥，桥下水如鸣佩环。两岸皆幽竹。翠色带雨，殆似媚人。近石谷[③]画境乎。仆诗兴大作，然旅囊中无《圆机活法》[④]，是以竟无一诗。无者为幸亦未可知也。

致香取秀真氏：

灵隐寺是个很大的寺院。进了总门走几步路，那儿有一座山，号飞来峰，据称是从天竺国灵鹫山（其实

---

① 当时东京市内染井（地名）设池养鱼，专供客人垂钓。

② 小穴隆一（1891—1964），油画家，芥川密友。

③ 王翚（1632—1717），字石谷，号耕烟散人、乌目山人等，清初画家，擅山水。

④ 《圆机活法》，类书，二十四卷。明王世贞校订。分天文、时令、节序、地理等四十四门，载古典、故事、熟语、成句等，供作诗者参考。

与其说山，未若称之为巨岩为佳）飞来的。其处石窟中的佛像，据说是宋元时的作品。可是对于佛像的佳否，我是一窍不通。觉得难得的只有一尊。不过石窟的一部分由于连日降雨而浸水，不得其门而入。今天也时时落雨，高大的杉桧、苔痕苍苍的石桥——这座寺庙给人的感觉，大致不妨想象为中国的高野山[1]。

致小杉未醒[2]氏：

游览了灵隐寺。杉树树干上松鼠爬上爬下，果然是深山古刹，闲寂而静僻。因为是雨天，涂成赭色的大雄宝殿之类，令人平生凝重感。说是骆宾王曾在此住过，也许只是传说，但我却宁信其有。此处的空气之中，仿佛飘荡着骆宾王的气息。你以为如何？顺便还想再提一下的是这寺里的五百罗汉。想必你当然已经看过，至少有二百尊左右与你长得一模一样。此话绝非笑谈，真真非常像你。据说这五百罗汉中有马可·波罗像，总不至于你的远祖竟会是马可·波罗吧。可我却好像在万里之外的异域得以与你相见，心情非常愉快。

---

① 高野山，和歌山县内的古寺，真言宗总本山，据说由弘法大师（空海）开山。

② 小杉未醒（1881—1964），号放庵，油画家。

致佐佐木茂索[①]氏：

诣灵隐寺归途，访凤林寺，一名喜鹊寺。乌巢禅师[②]曾居之寺也。寺殆不足观。唯和尚数人，着鼠色、绛紫色袈裟，诵经过廊下，疑有丧事焉。白乐天问乌巢：如何是佛法大意。乌巢答曰：诸恶莫做、众善奉行。乐天又云：三尺童子亦知之。乌巢笑曰：三尺童子亦知之，八十老翁亦难行。乐天即服。如此简单便服，乌巢禅师恐亦觉无味耶。寺门前中国童子甚众，持剪采花戏，雨后夕阳可人。

写完信后，所幸壁虎也不见了。明天预定离开杭州，涌金门、回回堂[③]——也许无暇游玩了。我多少感到有点儿寂寞。脱得只剩下一件衬衫，正想钻进床上的毛毯里，却不禁口中大嚷“他妈的”，猛然逃窜开去。床头的白色枕头上，一动不动地趴着一只围棋子大小的蜘蛛！单凭这一点，西湖就不是什么好去处。

---

① 佐佐木茂索(1894—1964)，小说家、记者，曾师事芥川。

② 乌巢禅师(741—824)，唐代禅宗高僧，追谥圆修禅师。

③ 编者注：中国伊斯兰教部分清真寺的别称，此处指杭州凤凰寺，是我国东南沿海四大清真古寺之一，始建于唐代。

十三　苏州城内(上)

驴儿刚载上我，就一溜烟地飞奔开去，地点是苏州城内。狭窄的街道两旁，照例挂满了招牌，单这样就已经窄得可以了。更何况驴子也走，轿子也走，行人自然也不少——情形便是如此，我紧拽着缰绳，一时不由得紧闭了双眼。这并不是因为胆怯。跨在那驴背上，沿着中国的石头路疾驰，原非轻而易举的历险。未曾经历过这险境的读者，只要做好甘受罚款的心理准备，东京的话去浅草仲见世①，大阪的话去心斋桥路②，不妨试试骑着自行车全速疾驰一番便可。

我与岛津四十起氏刚刚抵达苏州。原本预定上午离沪的，没留神起床晚了，结果没赶上原定的火车——不仅耽误了一趟火车，而且一下子耽误了三趟。而岛田太堂③先生在每趟火车发车时都赶来送行，至今回想起来犹觉得羞愧难当。而且为了送我，甚至还以七绝一首见赠，思之愈加惶愧不安。……

在我前面，岛津氏意气风发地纵驴疾行。当然岛津氏

① 仲见世，浅草观音堂前的街道，甚窄，两边为各类小商店。

② 心斋桥路，大阪的商业街，很繁华。

③ 岛田数雄(1866—1928)，号太堂，时为《上海日报》主笔。

不同于我，并非初次骑驴，故身手自然不同。我以岛津氏为楷模，内心惶惶不安地钻研着骑术窍门。然而翻身落马的，竟不是我这个做弟子的，正是身为师傅的岛津氏自己。

狭窄的街道左右两侧——其实最初的几分钟，我根本就不知道有些什么东西。过了几分钟后，才看见有好几家裱画店和宝石店。裱画店里摆着山水花鸟等正在装裱的画。宝石店中，翡翠、玉和银饰一起灿烂生辉。这一切都唤起人们对姑苏城的优美感受。但这优美的感受倘若不是在驴背上起伏颠簸，一定会加倍令人喜悦。实际上有一度见刺绣店里吊着绣有牡丹、麒麟之类的红布——我正要看个明白，就差点撞上了拉胡琴的盲人。

然而同样纵驴疾走，倘是平坦的石道尚且可以支撑，可一旦遇上过桥，因为桥都是拱桥，上桥时不留神就会摔个屁股蹲儿，而下桥时运气不佳的话，弄不好就要从驴头上滚落下去。加上桥之多，有姑苏三千六百桥，吴门三百九十桥之说，就算不可照单全收，但似乎也并非全是虚言。我无奈，每逢过桥时，不去拉紧缰绳，而是紧搂住驴鞍不放。尽管如此，过桥时还是依稀可见脏脏的粉壁相连之间，大运河苍苍的流水微微闪烁。

这样艰难跋涉了一番之后，我们终于赶到的地方，是北寺塔。据闻苏州七塔中，可以登览的，仅此一塔。塔前的原野上，两三个携着竹篮的老太太在专心致志地摘着花草。据旅游指南说，这片原野从前曾是刑场，野草也因人血而肥硕亦未可知。然而九层塔高高耸立，雪白的塔身沐浴着阳光，塔脚下身着青衣的老太太三三两两，安详地摘着花草，倒也不失为悠然闲适的风景。

我们飞身下驴，走向塔底层的入口。那里有个中国俗家男子守着棋盘格门。他收下两毛钱银币后，便将大锁打开，并做出“请进”的手势。通向二层的楼梯口，尘埃蒙蒙的黑暗之中，点着一盏煤油提灯。可是刚迈上楼梯，光线就照射不过来了。而且刚想抓住扶手，便触到残留其上的成千上万前来此塔参拜的善男信女的手垢，冷意森森，令人不由得避易敛手。然而登上二楼之后，四面八方都开着窗口，便不再感到昏暗。塔内九层，都是桃红色的墙壁上安置着金色的佛像。桃红与金色——这种色彩的配合中，隐含着莫名的肉感，因而更具有现代南国风格，我不知何故，竟至产生了这座塔上仿佛有中国大菜的感觉。

十分钟之后，我们站在塔顶上，俯瞰着苏州的市容。街市是在黑色的瓦顶之间织入雪白的墙壁，比想象的远为广阔。远处有一座披着霞光的高塔，那便是驰名四海的瑞光寺，据说是孙权修造的。（不待言现今的塔经过了一再重修。）城外不论瞩目何方，无处不见水光与绿色。我凭倚着栏杆，俯瞰塔下正在吃草的两头小小的驴。驴旁，两个赶驴少年坐在石头上。

“喂——”

我大声喊道。可他们连头也不抬。站在高塔之上，不知为何产生了平生不胜岑寂之感。

十四 苏州城内(中)

我们游过北寺塔后，前去参观玄妙观。玄妙观在我们方才路过的、宝石店众多的街道拐进小巷后稍走数步的地方。观前广场上货摊众多，同上海的城隍庙毫无二致。面条、包子、甘蔗、地栗——在这类食品摊之间，穿插着玩具摊与杂货摊。游人当然也非常之多。可是与上海不同的是，熙来攘往的众多游人之中，竟几乎不见穿西服的。不唯如此，大约是因为场地较宽广的缘故吧，总似乎不及上海热闹。虽然陈列着华美的鞋子，虽然飘溢着韭菜气味，甚至，虽然黑发如漆油光可鉴的年轻女子两三人，扭动着裹着黄绿或紫色衣服的屁股姗姗而行，却总似乎不无土里土气的寂寞。我想到，从前皮埃尔 · 洛蒂[①]去参拜浅草观

① 皮埃尔 · 洛蒂(Pierre Loti,1850—1923)，法国小说家。曾作为海军军官周游世界，作品富于异国情调，有以日本为题材的《菊子夫人》等。

音时，定然也产生过这样的念头。

在这人群之中走到尽头，有一座雄伟的大殿。这殿大则大矣，但柱子上的红漆剥落，粉壁上也布满了尘埃。加之香客也只是偶尔来此一拜，故愈发显得荒废。入内一望，但见石版、木版还有手书的廉价书画挂轴，张陈着浓艳的色彩；却又不是献纳书画，全是插标待沽的商品。刚在想店家人在何处，却见微暗的角落里，坐着一个矮小的老爷子。然而除了这些挂轴之外，殿内更无香火，连佛像也不见一尊。

穿过大殿往前走，这下又见人头攒簇之中，两个光着肩膀子的男子，各执双刀与单枪，正在比武。武器总不至于是已开刃的吧，但饰着红缨的单枪和刀头如弯钩的大刀，在阳光照耀下寒光闪闪，刀枪撞击时火花四溅，煞是好看。打了一会儿，只见留着辫子的大汉手中的枪被对手打落，赤手空拳在滴水不漏的刀光中左右闪避，飞起一脚踢中对手腹部。而对手手执双刀，刚仰身向后倒下，随即便一个筋斗翻身立起。周围的看客哄然大笑，显得十分开心。什么病大虫薛永、打虎将李忠之类的好汉，多半就是这等人物。我站在大殿的石阶上，看着他们舞刀弄枪，好像进入了《水浒传》的世界一般。

说《水浒传》，也许词不足以达意。本来《水浒传》

这部小说，在日本也有马琴[1]的《八犬传》和《神稻水浒传》[2]、《本朝水浒传》[3]之类各种仿作。可是，真正的水浒精神，这些作品却无一能够表现出来。那么，何谓“真正的水浒精神”呢？那是一种中国思想的闪光。天罡地煞一百单八位好汉，并非马琴等人所理解的那样一群忠臣义士。而从人数上来说，毋宁是泼皮无赖的结社。然而促使他们纠合起来的力量，倒并不是喜爱为非作歹的向恶之心。记得好像是武松说的，英雄好汉爱的是杀人放火。可是这话的真意缜密地说来，是说爱杀人放火，才配做英雄好汉。不，更确切地说，既然是英雄好汉，区区如杀人放火之类，根本不成其为问题。即是说，在他们之间，流传着一种将善恶观念蹂躏于脚下的豪杰意识。不论是模范军人林冲也罢，还是职业赌徒白胜也罢，只要心存此念，彼此便是骨肉兄弟。这种意识——不妨说是一种超道德思想，不仅仅是他们的意识，古往今来在中国人的心胸里，至少与日本人相比，远为根深蒂固，不可等闲视之。尽管说“天下者非一人之天下”，但说此话者无非是说非昏君一人之天下。其实彼此肚里都思量着取昏君而代之，使天下变成他们即英雄好汉一人之天下。再举一个例子，有句

---

① 曲亭马琴(1767—1848)，江户后期小说家，《南总里见八犬传》为其代表作。

② 《神稻水浒传》，江户末期的连环画名作，岳高定高画。

③ 《本朝水浒传》，建部绫足作，1773 年出版。

话叫作"英雄回头即神仙"。神仙当然既非恶人亦非善人，而是以飘浮于善恶之彼岸的云霞为食的人。视杀人放火不以为意的英雄好汉，的确在这一点上，只需一回头，便可以加入神仙的行列。倘以为此言虚妄，请尝试着翻开尼采一读即可。投毒的查拉图斯特拉，即是恺撒·博尔吉亚[①]。《水浒传》不是因为写了武松景阳冈打虎，李逵一对板斧使得水泼不入，燕青拳脚好、善相扑，才为万众所喜爱，而是磅礴于其中的艺高胆大的英雄好汉的精神，才直令读之者陶然欲醉的……

我又一次被兵器的撞击声惊得瞠目结舌，那两位好汉在我缅想《水浒传》之际，不知几时，一人拿起青龙刀，另一人舞动鬼头大刀，再次开始相互砍杀起来。

十五　苏州城内(下)

赶到孔子庙，已是薄暮时分。我们骑在惫倦的驴背上，来到路石间长满青草的庙前大道。目光越过道旁寂寥的桑园，便可望见瑞光寺淡白色的废塔。那塔的每一层上茑萝攀援，荒草芊蔚。空中星星点点这一带多见的喜鹊翱

---

① 恺撒·博尔吉亚(Cesare Borgia，1475—1507)，意大利政治家。为了统一意大利，不辞采取任何手段，被视为玩弄权术的政客典型。

翔盘旋。实际上在这一瞬间，说来可悲，我竟产生了不妨形容为苍茫万古意的喜悦之情。

所幸的是，这苍茫万古意始终未被辜负。我们在门外弃蹇入内，沿着荒草中若有若无的野径走去。昏暗的槲树与杉树林间，有一口漂浮着水藻的池塘。池塘边，一个头戴镶有红边军帽的士兵，一面以手排开芦苇和蒲草，一面用三角网在捞着鱼。此处虽说是明治七年[①]重建，原先却是宋代名臣范仲淹创设、号称江南第一的文庙。如此想来，此庙的荒废，岂不就是中国的荒废么？然而至少对于远道而来的我来说，唯因有了这般荒废，方才会萌生怀古的诗兴。我究竟应当嗟叹呢，还是应当怿悦？怀着这样的矛盾，走过苔痕斑斑的石桥时，我的口中不知不觉地吟诵起这样的句子："休言竟是人家国，我亦书生好感时。"不过这诗句的作者并不是我，而是现居北京的今关天彭[②]氏。

穿过黑色的孔门，从夹道的石狮之间略向前行，有一小小的便门，已忘其名。要启这道门，先得付给充任司阍的青衣妇人两毛钱银币。这位看来颇贫窭的妇人带着一个面生痘瘢的十来岁的女孩起身为我们领路，望之令人生

① 明治七年，即 1874 年。

② 今关寿麿（1882—1970），汉学家。长年住在北京，曾任斋藤实的幕僚，重光葵的对华问题顾问。

哀。我们跟在她们身后，踏着唯有蕺草花微微发白、日暮返潮的石径。石径尽头，耸立着一座高大的门，好像叫作戟门。名传遐迩的刻有天文图和中国全图的石碑也在此处，但薄暮冥冥，碑面辨认不清。只是在入门之处，陈列着钟鼓。甚矣，孔乐之衰矣。——如今思之颇觉滑稽，但当时我眼望着这布满尘埃的古乐器，竟大发了这么一通感慨。

戟门之内的石铺地面上，不待言也荒草丛生。石径两侧，据说从前是文官考场，看似上覆屋顶的回廊，前面有好几株粗大的银杏树。我们偕司阍母子一道，登上了石径尽处的大成殿石阶。大成殿是文庙的正殿，规模自然也非常雄大。石阶上雕着龙，黄色的墙壁，群青底上大书着白色殿名、似乎是御笔的正面匾额。我环视殿外，然后窥觑了一下殿内。只听高高的天井上飒飒作响，仿佛下雨一般。同时一阵异样的臭味扑鼻而来。

“那是什么？”

我慌忙退却，一面扭头问岛津四十起氏。

“是蝙蝠，在天井上筑了巢。”

岛津氏微露笑意。仔细望去，果然铺地砖上落满了黑色的粪。耳闻那振翅之声后，再目睹这大量蝠粪，试想在黑暗的梁间飞来飞去的蝙蝠是何等之多，思之令人悚惕。

我被从怀古的诗境推到了戈雅[①]的画境里。如此境界从何而谈古意苍茫，简直宛如鬼狐横行的世界。

“孔子也对这些蝙蝠无可奈何吧。”

“哪里哪里，‘蝠’与‘福’同音，所以中国人是喜欢蝙蝠的。”

再度成为蹇背客之后，我们穿过暮霭茫茫的昏暗小径，谈论着这样的话题。在日本，蝙蝠在江户时代也并非令人不快的东西，而似乎被视为潇洒的飞禽。蝙蝠阿安[②]背上的刺青无疑就是其证据。然而西洋的影响有如盐酸一般，曾几何时将江户的本来面目腐蚀殆尽。由是观之，今后再过二十年，可能会出现将“蝙蝠翩飞处，河浜纳晚凉”之类的歌谣，解释为受波德莱尔感化的批评家亦未可知。——其间，驴子一溜小跑，脖子上的铃铛叮叮作声，沿着新绿沁脾、阒无人息的小径匆匆赶路。

十六　天平与灵岩(上)

来到天平山白云寺一看，倚山而造的亭子里，墙上写着很多排日的涂鸦。或云：“诸君，尔在快活之时，不可

---

① 戈雅(Francisco José de Goya y Lucientes,1746—1828)，西班牙画家。

② 蝙蝠阿安，世话狂言《与话情浮名横栉》的主人公，因背上刺一大蝙蝠而得名。

忘了三七二十一条。”（不过，岛津氏处之泰然，题了一句层云派[①]的俳句。）还有内容更为激烈的名诗：“莽荡河山起暮愁，何来不共戴天仇。恨无十万横磨剑，杀尽倭奴方罢休。”据这首诗的序说，作者前来天平山途中，与日本人干了一架，因为寡不敌众而被打败，痛愤之至。据闻排日的指嗾费高达三十万上下，倘是如此见效的话，在驱逐日本商品上，毋宁是便宜的广告费。我眺望着栏杆外的嫩枫在雨意浓郁之中低垂着枝条，一面饮着年轻的仆佣端来的、浮着龙涎香气的茶，咬着坚硬的枣子。

“天平山比想象的要好。要是弄得干净点儿当然更好。咦，那山下大殿的木格障壁，上面镶着的是玻璃吗？”

“不，那是贝壳，那格子的每个眼里镶着一枚薄薄的什么贝壳，用来代替玻璃。天平山好像谷崎先生[②]不是也写过吗？”

“对，在《苏州纪行》里。不过比起天平山的红叶，好像途中的运河更有趣。”

我们出于攀登灵岩山的需要，今天是骑驴来的。然而

---

① 明治四十四年(1911 年)，杂志《层云》创刊，提倡无季题、自由律的新倾向俳句，被称作层云派。

② 指谷崎润一郎。他曾于 1918 年来华旅行，回国后写了《苏州纪行》、《上海交游记》等游记。(编者注：收入本丛书《秦淮之夜》一册。)

沿着大运河畔姑苏城外的乡间道路，美不胜收。白鹅戏水的运河上，也同样架着腰鼓似的当中翘起、古色苍然的石桥。将倒影清晰地投映在水面的槐树和柳树，或是麦苗青青的田间，绽开着红花的玫瑰花架——这样的风景之中，不时可见农家白色的墙壁。尤其觉得风流的是，每从农家经过时，从窗户向内窥觑，便见有妇人或少女，捏着针儿在绣花。还有不少年轻女子。不凑巧的是天阴云暗，倘是晴日，从她们的窗边遥望远处灵岩、天平的青山，一定历历如画吧。……

“谷崎先生好像也被叫花子弄得无可奈何么。”

“那是任谁也要无可奈何的。不过苏州的叫花子还算好的呐，杭州的灵隐寺那才——”

我不禁失笑出声。灵隐寺乞丐的不同凡响，远非日本人所能想象。或虚张声势地将胸脯拍得嘭嘭作响，或连续不停地以头抢地，或是抬起没有脚脖子的腿来示众——总之，展示最先进的乞丐技巧。可在我们日本人眼里看来，由于药效过于灵验，非但难生怜悯之心，反而因为其过分的夸张会不禁喷笑。与之相比，苏州的乞丐仅仅是大放悲声而已，因此舍钱也舍得心里爽快。然而经过狮子山麓某处凄凉的村庄时，不留神舍了一分钱，结果满村的孩子妇女全都伸出手来，将驴子团团围住，让人好生为难。尽管杨柳依依、女绣于屋，却也不可一味地敬服。村子里，一重白墙之隔，便恰如燕子筑巢一般，隐藏着可怖的娑婆苦。……

“那我们上山去看看吧？”

岛津氏催促着我，开始向亭后的山上爬去。绿油油的翠叶之中，红土山路细细弯弯，在岩石间蜿蜒，令人望之心喜。沿着这条山路斜斜地爬上去，便来到一座宛如屏障似的峨然矗立的巨岩前。刚以为路已走到尽头，却见岩石与岩石相迫临之间，蹿出一条只有将身体侧过来方可通行的小径。不，不是蹿出，是笔直地蹿向青天。我茫然伫立在岩石脚下，仰望着树枝和茑萝纵横交织的、遥远的蓝天。

“什么卓笔峰呀望湖台之类的，就在这座山上吗？”

“嗯，大概是吧。”

“不错，果然是登天平路。”

十七　天平与灵岩(中)

登上负有万笏朝天之名的山顶上的石丛之后，又顺着山路走下来，在抵达刚才那座亭子之前，见有一回廊，斜向路旁。顺便弯过去一看，只见有一口小池，书带草和紫萼环绕四周。水滴沿着白铁制的导水管，滴滴答答地流入池中。那便是闻名海内的吴中第一泉。池子周围大大小小立着许多石碑，上面刻着“白云泉”、“鱼乐”之类形形色色的名字，还郑重其事地抹上漆。作为吴中第一泉，则池水未免太脏，故这些大约是广告，让人们不至于误以为是普通的泥淖。

然而这口池子前面号称见山阁的，挂着中国灯笼，备有崭新的缎子被褥，倘要假寐半日，倒是个上佳的所在。加之倚窗瞻眺，只见野藤摇荡的山崖前，翠竹丛生，又见遥远的山脚下水色闪烁处，大约就是乾隆皇帝命名的高义园林泉了。再向上望去，方才登临过的山顶，隐隐约约破云而现。我凭倚窗前，仿佛自己成了画中的点景人物，装出一副怡然自适的态度。

“天平地平，人心不平；人心平平，天下泰平。”

“你念的那是什么？”

“刚才那墙上写的排日涂鸦之一。很朗朗上口，不是吗？天平地平，人心不平……”

一览天平山后，我们又策蹇奔灵岩山灵岩寺而去。尽管是传说，灵岩山却又有西施弹过琴的高台，又有范蠡被幽禁过的石室。西施和范蠡自幼年爱读的《吴越军谈》[①]以来，便是我所偏爱的人物，因此务必想去凭吊一番此类

---

① 《吴越军谈》系描绘中国春秋时代吴越兴亡的小说，十八卷，大阪人清池以立作，成书于元禄年间(1688—1704)。

古迹——心底固然暗存这一念头，但同时也不无如下卑鄙的小算盘：既然身负社命，须写作游记，但凡与英雄美人有缘的去处，自然是多看一处，也是有百益而无一害的。这一小算盘从上海开始，至江南一带便纠缠不休，甚至渡过了洞庭湖之后，也不曾离我而去。否则我的旅行当会更接近中国人的生活，而无汉诗与南画的臭味，合乎小说家的胃口。不过此刻不是优哉游哉地东扯西拉的时候。总而言之，我们奔灵岩山而去。然而走了不足一千米，曾几何时道路消失了，周围是一片荒草芊芊的湿地，上面低矮的杂木繁茂茁壮。我刚觉得有点儿不对劲，两个赶驴少年便驻足不前，神情不安地说起什么来。

“是迷路了吗？”

我向岛津氏问道。岛津氏将瘦驴直驱至我的鼻子前，仿佛身陷大泽的项羽一般，环顾着四周的景色。

“大概是迷路了吧。喂！那儿有个农民。喂，门门苦[①]！”

但这句“门门苦”，是冲着赶驴少年说的。既然前面已出现了农民一词，意思一定是要向那农民问路。倘使我的推测不错，“门”当系“问答”之“问”[②]。想到此，我

---

① 谐吴音：“问问看。”

② 日语中“问”发音同“门”，吴语亦然。

也向为我赶驴的少年赶忙下令：

“门门苦！门门苦！”

“门门苦”有如神秘的咒语，立即为我们指明了道路。赶驴少年回来复命说，向右一直前行，便可径达灵岩山麓。我们立即调转驴头，朝着农人指教的方向走去。可又走了约莫一二百米，非但没回到正道上，反而闯进了寂寥的山谷。磊磊巉石之间，只有瘦瘦的松树苟延着残喘。加之大约是山洪的痕迹，有的松树被连根拔起，山半腰还可见表土崩落。更令人为难的是，沿着山谷爬了一会之后，驴子终于停下不走了。

“这下可糟糕了。”

我望着山上，不禁仰天叹息。

“哪里哪里，这种事也很有趣嘛。那座山肯定就是灵岩山喽。对对，反正爬到那山上去看看吧。”

岛津氏似乎是鼓励我，表现出一副一看便知是假装的快活神情。

“驴子怎么办呢？”

“驴子就让他们等在这里好了。”

岛津氏飞身下驴，让一个少年和两头驴子留在松林之中，便猛然向半山腰爬去。当然，说是爬去，其实并没有找到登山道，只是一味地以手排开野玫瑰和凤尾竹，一个劲地向山坡上猛进。我同另一位赶驴少年一道，毫不示弱地追踪岛津氏而去。可是毕竟是久病初愈，如此一来，免不了要气喘吁吁。而且爬了大约二十来米，突然有冰凉的东西滴落在我的脸上。霎时，满山的树木飒然开始战栗起来。雨！我一面提防着失足滑倒，一面手抓住细细的松枝，俯视了脚下的山谷一眼。谷底，驴子与少年身影小小的，已被雨水淋湿了。……

十八　天平与灵岩(下)

好容易赶到了灵岩山一看，原来不过是一座落寞的秃山而已，让人懊悔何苦要付出这一路的辛苦。第一，那西施弹琴台和驰名遐迩的馆娃宫，原来却坐落在裸岩硊硊、寸草不生的山顶上。面对此景，任如何摆出一副诗人的架势，到底也无法像李太白那样，高吟“宫女如花满春殿”，沉酣于思古之幽情中。而且天气倘若好点的话，尚可远眺太湖的水色湖光，然而天缘不巧，今天无论纵眺何方，都只见云烟茫茫弥漫四野。立在灵岩寺的朽廊里，倾听潇潇雨声，仰望七级废塔时，我没去苦思冥想古人的诗句，倒是痛感枵腹难耐。

我们在寺庙的一室，草草吃了一顿仅有饼干的午餐。可是肚子虽然饱了，精力却并未恢复。我一面啜饮漂着尘土气味的茶，心中莫名地感到悲凉。

“岛津先生，能不能跟这庙里的和尚商量商量？我想讨点儿白砂糖。”

“白砂糖？要白砂糖做什么？”

“吃。要是没有白砂糖的话，红砂糖也可以。”

然而吃完了满满一小碟呈黑紫色的红糖，还是恢复不了元气。雨下个没完没了。苏州即使以日本的里数计算，也隔着四五里之遥。想到这些，愈发情绪低沉。我甚至忧心忡忡地担心肋膜炎会再度发作。

这种令人心寒的念头，在下山途中愈演愈烈起来。风雨不断地从昏暗的天空向我们袭来。我们虽然带有伞，但刚才弃蹇步行时，两把都放在了山下。山路当然颇滑。时间大约已经过了三点。而最后的打击是，当回到山脚下的村庄时，我们的驴子却已无影无踪。赶驴少年一再高声呼唤伙伴的名字，然而答应的只有回声。我在如注的雨中招呼浑身湿透的岛津氏道：

“没驴子的话怎么办？”

“有的有的。真没的话就步行好啦。”

岛津氏依旧劲头十足，也许是为了安慰我而强装出来的。可是我一听这话，心中陡然生起无明火来。光火这种事，原本绝非强者的行径。此时我大光其火，固然完全因为是弱者的缘故。曾经纵横四百余州的岛津氏，和一味自量脉搏、久病初愈的我——在吃苦耐劳上，我对岛津氏简直是望尘莫及。正因为如此，岛津氏若无其事的语气煽起了我的无明之火。我在前后长达四个月的旅行中，仅有此时这么一次，板着一张无可比拟的苦脸。

赶驴少年为了寻觅驴子，找到村外的什么地方去了。我们站在一户农家门口，勉强避着雨，等待赶驴少年归来。古旧的白壁，铺满石头的村道，雨中闪闪发光的道旁的桑树叶子——此外几乎不见半个人影。拿出表来一看，四点已过。下雨，四五里之遥，肋膜炎——而且我还担心日色将暮，同时不断地原地踏步，以防感冒。

这时，这户农家的男主人，一个邋遢的中国人探出了脑袋。往内一看，屋子里停放着一台轿子。想来这个男子的副业，定然是轿夫。

"能不能在这儿租顶轿子？"

我强抑着满腔无明火，这样问岛津氏问道。

"我问问看。"

然而岛津氏的上海话对方尽管听得懂，但遗憾的是，对方的苏州话，岛津氏却不甚了了。经过一番斗嘴之后，岛津氏终于放弃了交涉。放弃交涉本是无可奈何的事情，可是一瞬之后，我回头看时，只见岛津氏竟全不将我放在心上，悠悠然摊开手册，正在记录今天所得的俳句。瞧着这情形，我仿佛看到了面带微笑观察罗马大火的尼禄[①]一般，不由得想大吵一架。

“咱们是彼此两亏俱损呀，向导居然于地理一无所知——”

我这盛气凌人的腔调，立刻激怒了岛津氏。其实他生气动怒本是理所当然的。至今想起来，犹自觉得当时没挨岛津氏痛殴，真乃不幸中之大幸。

“一无所知？我事先就告诉过你我一无所知么。”

岛津氏向我怒目睚眦。我也一面继续原地踏步，一面不甘示弱地瞋目回瞪着他。——有一点要顺便在此忠告诸位，这种时候倘要逞威作势，应当岿然直立才是。一面要逞威作势，一面又机械般地踏着礼数周全的步伐，似乎颇有损威严。

雨依然继续下着，而驴铃声却始终不听传来。我们站在寂寥的桑园前，两人都满脸涨红，久久地无言对峙。

十九　寒山寺与虎丘

客：苏州如何？

---

① 尼禄(Nero Claudius Caesar,37—68),罗马皇帝。公元 64 年的罗马大火据说是他为了寻求诗意(一说是为了制造镇压基督教的借口)而纵人放火的。

主：苏州是个好地方啊，依我说是江南第一。那地方不同于西湖，尚未染上老美情趣。光这一点就十分难得了。

客：姑苏城外寒山寺呢？

主：寒山寺么？那寒山寺——你随意找个去过中国的人问问好了，不管是谁，肯定都会说无聊。

客：你也是么？

主：是呀。无聊自然是没有疑问的了。现在的寒山寺是明治四十四年江苏巡抚程德全重建的。正殿也罢，钟楼也罢，悉数涂上赭红色，俗不可耐。什么月落乌啼，何从谈起！而且坐落在城西七八里外的枫桥镇，这个镇子又是毫无特色、不洁之至。

客：那么岂不是一无可取了么？

主：啊，要是有几分可取之处的话，那就在于其一无可取。因为寒山寺是日本人最为熟悉的庙宇，无论何人，只要游历江南，必定要造访寒山寺。连不知道《唐诗选》为何物的人也都对张继的诗耳熟能详。据说程德全的重修，理由之一也是因为日本来的朝山香客众多，故助一臂之力，以示对日本的敬意。由此看来，将寒山寺弄得俗不可耐，日本人也有责任亦未可知。

客：然而日本人不是并不中意么？

主：好像如此。可是哂笑程德全之愚的大人先生们，一旦面对西洋人，也会干出跟程大人一样的事情来。寒山寺是一个实物教训。这难道不是挺有趣的么？尤其是那庙里的和尚，一见到日本人，就赶紧摊开纸来，得意洋洋地走笔涂鸦：“跨海万里吊古寺，惟为钟声远送君。”不管对方是何方阿谁，问过姓名，便题上某某大人正，一元钱一张地兜售。日本游客的体面，由此不是也可窥一斑么？更为有趣的是，刻着张继诗的石碑，那座庙里有新旧两块。旧碑出自文征明的手笔，而新碑则系俞曲园手书。看看旧碑，文字多有残缺，而这残缺是谁之罪呢？据说便是热爱寒山寺的日本人。——笼统说来，就这几点而言，寒山寺还是值得一看的。

客：如此一来，岂不成了参观国耻了吗？

主：是呀。说不定程德全正是为了愚弄日本人，才重修寒山寺的亦未可知。纵然不算是讥讽，但所有的中国旅行记的作者都讪笑程德全，则未免残酷。就是东瀛大和的知事阁下，作此“英断”之士，恐怕并非为数寥寥吧。

客：宝带桥呢？

主：一座普通的石头长桥罢了。有点像不忍池[①]的观月桥，只是没那么俗气。春风春水春草堤——各类衬景倒也一应俱全。

---

① 不忍池，位于东京上野。

客：虎丘是个好去处吧？

主：虎丘也荒废至极啰。听说那儿是吴王阖闾的陵寝，可现在完全成了一座垃圾堆。传说那座山下，埋着金银珠玉做成的鸭子和三千宝剑。倒是这类道听途说反而更令人倍添兴趣。秦始皇试剑石，听过生公说法的点头石，江南美人真娘墓——聆听这形形色色的因缘，倒也不无弥足珍贵的众多遗迹，只不过个个看见了都让人扫兴。尤其是那口剑池，号虽称池，其实不如说是个水洼，而且与垃圾场几乎毫无二致。王禹①《剑池铭》中所谓“岩岩虎丘，沉沉剑池，峻不可以仰视，深不可以下窥”的情趣，就算是出于情面也无从谈起。唯有在举目仰视微微倾斜于漫天残曛中的塔身时，产生了某种近乎悲壮的心情。此塔也早已朽废，层层杂草怒生。无数鸟儿啼声喧天地绕塔翩飞，无疑让人倍增喜悦。我当时向岛津氏请教过鸟名，记得好像说叫“八鸪”。这“八鸪”应写什么字儿，连岛津氏也未稔其详。你知道不知道“八鸪”？②

客：八鸪吗？我只知道白貘是专吃梦的走兽。

主：总体说来，日本的文学家太缺乏动植物知识。有个叫南部修太郎的，看见日比谷公园的芦苇，竟一直以为

---

① 疑或为王禹偁。王禹偁(954—1001)，字元之。宋诗人，有《小畜集》。

② “八鸪”系谐音，原文为片假名，故有此问。

是小麦。不过这种事儿倒也无关紧要。除了塔，还有个去处叫作小吴轩，凭轩骋目，景致也还可观。苍茫暮色中，朦胧迷离的粉壁与新树，穿行其间的河道的水光——我眺望如许风景，耳听远处的蛙声，心中浮起了淡淡的旅愁。

二十　苏州之水

主：除却寒山寺和虎丘，苏州还有名传遐迩的园林，诸如留园、西园之类……

客：这些不也都很无聊么？

主：啊，也并无特别令人折服之处。只不过留园之大——不是说园子大，而是其整座府第规模之大，有点匪夷所思。不妨说是白色的鬼打墙，走到哪儿都是一模一样的长廊和花厅。庭院也彼此相差无多，到处都是修竹、芭蕉、太湖石之类，雷同相似，愈发让人晕头转向。要是被绑架到那种深宅大院里去的话，恐怕不易逃脱。

客：有谁遭到绑架了么？

主：哪里。没人被绑架，我只是这样感觉罢了。眼下在中国的谷崎润一郎没准正在写作题为《留园的秘密》之类的小说。不过未来云云姑且不问，倘要读《金瓶梅》、《红楼梦》的话，现在好像是值得一游的。

客：寒山寺、虎丘、宝带桥——既然全都令人扫兴的话，苏州大抵不也就索然无味了么？

主：那些地方当然都令人扫兴，可是苏州却并不索然无味。苏州好比威尼斯，至关紧要的是有水。对了，提到苏州之水，我当时曾在手册一角写下了这么一段文字，这可是《自然与人生》[①]式的名篇哟。

有桥，不知其名。依石栏而望河水。日光，微风。水色似鸭头绿。两岸皆粉壁，水上倒影如绘。舟过桥下，先见涂赤之船首，次见竹编之船舱。橹声咿哑尤在耳，船尾已出桥下。有桂花一枝流来。春愁共水色齐深。

暮归，策蹇。路常傍水畔。见夜泊之船，皆蔽蓬。月明，水霭，两岸粉壁倒影朦胧在水。时闻窗底人语，伴灯光赤辉。或又有石桥，人偶过桥上，弄胡琴三两声。仰视之，其人已无，唯见桥栏高拱耳。情景宛似《联芳楼记》[②]。不知阊阖门外宫河边，珠帘重重垂月，有如薛家妆楼否？

春雨霏霏，两岸粉壁苔色鲜者非少。水上鹅浮者三四。桥畔柳条，殆及水面。以画喻之则套。实景见

---

① 《自然与人生》，德富芦花(1868—1927)的散文名作，1900年出版。

② 《联芳楼记》，载明瞿佑(1341—1427)著《剪灯新话》卷一。故事舞台为吴郡即苏州，主人公为薛姓姐妹。

之殊不恶。有舟，徐来桥下。所载物则棺也。见舱中一老妪，以火点线香，供之棺前。

客：嚯嚯，你这不是欣赏之至么？

主：水路的确很美，在日本的话，不妨比作松江[①]。然而那粉壁的倒影投落在窄窄的河水之上，在松江却不易见到。但是说来惭愧，我终于没坐过画舫。然而我也只是欣赏其水乡景致罢了，倒并没有依恋之情。遗憾的是没见到什么美人。

客：一个也没见到么？

主：一个也没见到。根据村田君的说法，哪怕闭着眼睛乱抓，只要是苏州女子，肯定是个大美人。实际上，中国的艺伎全操苏州方言，也许诚如其所言。然而按照岛津氏的说法，苏州的艺伎全是打算掌握了苏州话后远征上海的后备军，再不就是去过上海因为不走红而还乡的落伍兵，因此没有上得了台面的。这话也有一番道理。

客：因此才没有去看吗？

主：哪里。倒也没有什么特别的理由。仅仅是因为与其观赏艺伎的尊容，我当时宁肯多睡一个小时觉。要知道那时我骑驴子骑得屁股都磨破了。

---

① 岛根县松江市，日本著名水乡，市名系仿上海松江，芥川曾游之。

客：好窝囊的家伙。

主：连我自己也不认为是勇夫。

二十一　客栈与酒栈

岛津氏外出后，我坐在椅子上，缓缓地吸了一根敷岛[1]。两张床、两把椅子、一张放着茶具的桌子，以及一个装有镜子的洗脸台——此外既无窗帘，亦无地毯，仅仅是在未经粉饰的墙壁上，锁着一扇涂了油漆的门。可是却并不比想象的更为不洁。大约是撒了灭蚤粉的缘故，幸而没有遭受到臭虫咬噬。由此观之，投宿中式客栈，远比固守在日本人经营的旅馆里担心小费的多寡，要聪明得多。我一边这么胡思乱想，一边举目望了望玻璃窗外。这个房间位于三楼，窗外的景致相当寥廓。然而映于眼帘的，却是斜晖残照中黑鸦鸦一片寂寞的瓦屋顶。记得钟斯曾经说过，最具日本风格的寂寞，就飘溢在从三越[2]楼顶俯瞰下去的瓦屋顶上。何以日本的画家诸君——

我被某种声响惊了一跳，定睛看去，只见涂漆的门口，伫立着一成不变身穿青衣、个子矮小的老婆婆。老婆

---

① 敷岛，日本别称。此处指敷岛牌香烟。

② 三越，日本的著名百货店。

婆哧哧地笑着，向我说着什么。然而我这个哑巴旅行家自然是不解一词。我困惑之至，无奈只好盯住她的脸看。

于是洞开的门外，闪过一片华美的色彩。娇丽的刘海，水晶耳环，最后是缎子似的淡紫衣裳——一位少女手中摆弄着绢巾，瞥也不瞥房间内一眼，静静地掠过走廊。于是老婆婆又絮絮叨叨地说了起来，面露得意的笑容。事情至此，无须等待岛津氏的翻译，老婆婆的来意也明若观火。我将双手搭在身材矮小的老婆婆肩上，猛地让她来了个向右转。

“不要！”

这时岛津氏来了。

这天晚上，我和岛津氏一起，前往城外的酒栈。岛津氏是“饮老酒辄醉，爱老父酡颜”这首颇有自画像意味的俳句的作者，自然是个了不起的酒豪。可是我滴酒不沾，却居然在酒栈的角落里安坐了一个多小时，一来是岛津氏的德望之力，二来是缠绵于酒栈里的小说般的气氛之功。

小酒馆前后总共去过两处，为便宜计姑且介绍其中一家。那是间左右为粉壁、天井高高的披厦。房间的后墙不知何故做成粗格子门状，所以尽管是夜间也可以看见街上人来人往。桌子椅子虽已油漆剥落，却像是涂的攒朱漆。我坐在桌前，啃着甘蔗，不时为岛津氏斟酒。

我们的对面，脏兮兮的一桌二三个人在喝酒。他们背后，靠着白墙边，素陶酒瓮高高堆积，几乎可及天花板。好像说上等老酒都是用白色瓶子装的，而这家店门口的金字招牌上却大书着“京庄花雕”，那恐怕定是吹牛皮了。如此说来，卧在前厅的看家狗也不唯羸瘦得让人不快，而且生了一颗长满痂疮的脑袋。街上来来往往的驴铃声、仿佛是唱莲花落的胡琴声——在这喧闹声中，对面席上的酒客们不知何时开始划起拳来。

这时一个面生粉刺的男人肩挂着肮脏的吊桶，走近我们的桌子。我向桶中觑了一眼，只见混混沌沌扔满了紫红色内脏似的东西。

“这是什么？”

“猪肚子和猪心，这可是下酒的好东西。”

岛津摸出两枚铜钱。

“来一个尝尝。少许有点咸。”

我望着摊在碎报纸片上的二三只内脏，想起了远在东京医科大学①的解剖教室。倘是母夜叉孙二娘的酒店倒也罢了，时至今日居然在明亮如昼的灯光下贩卖这种酒肴，老大之国到底不同于凡响。我当然没去动它。②

---

① 今东京大学医学院的旧称。芥川学生时代曾去参观过。

② 日本人的肉食习惯，始于明治维新后学习西方的风潮，而食动物内脏，则是二战后的事了。

二十二 大 运 河

我们正坐在从镇江驶往扬州的小汽轮的头等舱里。这么说似乎很奢华，而其实这艘船的头等舱与奴隶船的船舱也相差无几。君不见我们便落座在黢黑的盖板之上。而盖板之下，据我揣测一定就是船底。那么称之为头等舱的理由何在？因为总而言之这里总算有个舱室样子，而下等则在船顶上，即使想称之为舱也无舱可称。

船外是著名的长江。长江水是赭红色的，便是中学生也知道。可是究竟红到何种程度，不泛舟江上看看，则无从想象。我在滞留上海期间，每看见黄浦江水，必然会想到黄疸。如今想来，那一定是因为多少羼杂了海水，才侥幸地仅仅染上黄疸便得以过关。然而长江水的颜色，却远远要比黄浦江红。如若要寻觅相似的颜色，则与铁器的赤锈一般无二。波浪起伏之间，紫烟蒸腾，浩浩荡荡，一望无涯。尤其今天是阴天，这颜色益发显得郁悒。江上除了无数的中式帆船外，还有一艘英国旗翻飞的双桅汽船，正一心一意地斗着浊浪。固然，也许毋庸去斗也可以航行，但其缓慢地溯江而行的模样，总给人以格斗的感觉。我向长江致敬了约莫五分钟，躺在冷冰冰的板上，不知不觉竟睡着了。

我们昨晚十二点钟左右从苏州车站乘上火车，抵达镇江时正值黎明时分。步出车站一看，连黄包车夫都还没聚齐。唯有阴沉沉的柳树上空，盘旋着数羽乌鸦。我们姑且前往车站前的茶馆用早餐，而店家也才刚刚起床，说是无法马上做出面条来。于是岛津氏要茶馆主人将什么东西拿出来。既然是现成的东西，看来不会是什么上等的食品。果然实际上吃了一看，既不像烤麸片又不像豆腐皮，总之是让人不想再吃第二次、颇为暧昧的东西。——在品尝了这番艰辛之后好容易才乘上船，因此在松了一口气的同时，感到困意袭来，原也并不奇怪。

迷迷糊糊地眯盹了一会儿，举目向外边望去，不知何时汽轮已经驶过了瓜州，芳草青青的堤岸摇晃不定，近在眼前。这里已经不是长江，而是由隋炀帝开凿、全长二千五百英里、世界第一的大运河。然而从船上望去，倒也并不特别雄伟。淡淡的阳光洒落在大堤上，野菜的绿色若有若无，农夫的身影时隐时现，就像从驶往铫子[①]的汽轮窗口眺望葛饰[②]平原一般，甚至让人觉得平淡无奇。我再度衔起香烟，为了将来不得不作的游记，准备拼凑些怀古诗情。然而着手一试，却不似想象的那般容易成功。首先我

---

① 铫子，千叶县铫子市，位于房总半岛顶端。

② 葛饰，东京的一个区，当时是郊外。

所构思的，导游书悉数将其破坏无余。今试举数例，余者大体类此。

我：啊！据说炀帝让人在这长堤上种植万株杨柳，每十里建造一亭。堤犹是旧堤，而炀帝今又何在？

导游书：堤已非旧堤。尔来五代以降，元、明、清皆定都北京，因需要从江南漕运粮食，曾数度修理运河。望着这长堤草色，追怀炀帝往事，不啻伫立在银座尾张町[①]，追忆太田道灌[②]！

我：河水今天依旧如同往昔一般，悠悠然贯通南北。可隋王朝却有如春梦，忽地土崩瓦解了。

导游书：河水并没有贯通南北。在山东省临清州，河底早就化作了良田，舟楫往来也只到此为止。

我：啊，往昔哟，美丽的往昔哟。纵然隋朝已亡，但携着如云的丽姬，泛舟这运河之上，我风流天子的荣华，却好似壮丽的彩虹，横越历史的天空。

导游书：炀帝并非耽于佚乐。那是大业七年，炀帝准备征伐高丽，为了不暴露意图，表面上有意装作悠闲自在的模样。这条运河也不妨看作为了应付风云突变时漕运粮

---

① 银座尾张町，今称银座四丁目，当时为东京最繁华的地区。

② 太田道灌(1432—1486)，室町时代的武将、歌人，江户城的创建人。

食的需要而特意开凿的。你没把《迷楼记》[①]、《开河记》[②]之类与正史混为一体吧？那种稗官野史不足为信。尤其是《炀帝艳史》，更是拙劣之至的小说。

我抽完了烟，同时也放弃了制造诗情的念头。大堤上春风荡漾，一头驴子背上载着个孩童，朝着和汽轮相同的方向走去。

二十三　古扬州（上）

扬州城的特点，首先在于其破败不堪。两层以上的建筑几乎见不到。而平房，但凡映入眼帘的，也都显得贫贱粗陋。街道上，路石凹凸不平，到处积满了泥水。在见识过苏州、江州[③]的人眼中看来，说感到悲哀也不为夸张。我坐在沾满泥泞的人力车上，穿过这些街道，到达盐务署门前时，不禁暗想，败落如此，纵然“腰缠十万贯，骑鹤上扬州”，也定会索然寡味。

盐务署前，和石狮一起，哨兵端端正正地站着岗。我

① 《迷楼记》，宋传奇小说，又名《炀帝迷楼记》。旧题韩偓著，实出于宋人依托。

② 《开河记》，宋传奇小说，又名《炀帝开河记》。旧题韩偓著，实出于宋人依托。

③ 江州，九江古称。但此时芥川尚未去九江，此处疑应为杭州（日语“江”、“杭”发音同）。

们表明来意后，沿着长长的石径，走向里面官衙高大的正门。然后在仆隶的引导下，来到铺着草席的客厅。客厅外院子里，立着梧桐之类。透过树梢，看得见细雨迷蒙的天空。官衙内阒然无声，不知道人在何处。现在依然如是的话，果然欧阳修、苏东坡等昔日的文人墨客当然可以在赏玩本职的酒诗生涯之余，闲暇时处理处理官事。

稍事等待后，一个看老不老、似少不少、身穿西服的官员走了进来。这便是扬州唯一的日本人、盐务官高洲太吉氏。我们从上海的小岛氏处领得一封致高洲氏的介绍信，否则生性懦弱的我说不定也不会想到来扬州。而即使来了扬州，倘不认识高洲氏的话，说不定也不会游得称心。我知道这么做十分失礼，但在此仍想表示一下对小岛榥郎氏的谢意。读过《上海游记》的诸位君子也许还记得，小岛氏便是那位为了小院里樱花开放而得意非凡、瘦骨嶙峋的绅士。——高洲氏将我们请到大桌对面，快活地聊了起来。据他自己说，外国人在扬州做官，前有马可·波罗，后有高洲氏而已矣。听了此话，我对他大生尊敬之心，不过如今思之，倒也不无吃亏的感觉。今年今月今日今时，涉足扬州盐务署的人，也不过一步之先有岛津四十起，一步之后有我而已矣。

我们叨扰了一顿面条后，与高洲氏一道走出盐务署大门，去游览扬州市容，于是两三个哨兵一齐向我们举枪致敬。蒙蒙细雨已经停歇，但街道依然一片泥泞。我走在这泥泞之中，一想到又要去凭吊古迹，不由得心中怵然。可是问了问高洲氏，答曰去看画舫。一闻此言，我立时萌生了扬州虽广，我却要遍游全城、寸土不遗的心愿。

在高洲氏府第小憩片刻，乘上系在门前河岸、上有屋顶的画舫，是又过了不足三十分钟之后。画舫由一邋遢的船夫掌篙，迅即撑进了河道。河面既窄、水色也莫名地发黑。直言不讳地说，与其称之为河，未若称之为污水沟。这黑水之上，游着家鸭与家鹅。两岸或则是污秽的粉壁，或则是贫瘠的油菜田，不时还可见堤岸崩毁，化作了杂木丛生、岑寂的原野。可是无论何处，均毫无名高千古的杜牧诗句“青山隐隐水迢迢”所吟咏的韵致。尤其是忽而出现一座石桥，忽而又见一位半老徐娘走下水边洗濯泥鞋，令我的诗兴吟怀伤痕累累。不过这还算好的。最令我辟易的，还是这大污水沟的臭气。我嗅着这臭气，端坐于舟中，便疑神疑鬼地觉得肋膜一带隐隐作痛起来。然而高洲、岛津两先生却仿佛泛舟于香料之川一般，神色坦然地交谈着。据我所信，日本人在中国住久了，首先嗅觉似乎便会变得麻木。

二十四　古扬州(中)

沿着这条水路撑到尽头，有一座穿越城壁的水门。水门有专人守护，但有船来，便随时开门。穿过水门，前面的河道陡然变得开阔起来。画舫的左侧，扬州城高高的城墙绵亘不绝。这城墙上瓦片之间，茑萝缠绕，灌木生长，与杭州、苏州一致无二。河水与城墙交界处堆积的沙洲，土色一直延伸到芦苇丛对面。画舫的右面是一片竹林，竹林中可见一户农家。农家的墙壁上贴满了糕团似的东西。不，此刻这户农家门前，就有一个头戴鸭舌帽的男子，正在频频制造着糕团。原来这是将牛粪做成饼状晒干，冬天作燃料用。

然而穿出水门后，河水不像刚才那么臭了，景色也随着画舫不断前行而渐增美色，尤其是竹林之后有间古色古香的茶馆。一问这一带的地名，原来叫作绿杨村，甚为风雅。亲耳听到这名字以后，再遥看茶馆里围桌而坐、眺望着运河的茶客，便觉得仿佛人人都不愧为绿杨村里的居民，面具泰平之相。

少间，我们的画舫前方，出现了另一艘画舫。坐在这画舫上的全为女性。而且掌篙的那位，梳着同日本女孩一样的辫子，插着红色的玫瑰花。我心想，再过五分钟即可追越她们的坐船，到时可要瞥一眼这些扬州美人。可谁知，在城墙尽处，水路也一分为二，她们的画舫向右弯去，而我们的画舫则朝着相反的方向，冷漠地将船首掉转开来。纵眼望去，她们的船从两岸静静相对的芦苇中摇过，后面留下白晃晃的水光。“二十四桥明月夜，玉人何处教吹箫。”我突然感到杜牧的诗并不一定是夸张。仿佛扬州的风物之中，有着甚至能将我也感化为诗人的、某种快意的烦恼。

画舫由船夫撑篙操纵，排开河面的水草，从高大的石拱桥下穿过。拱券的石块上，记不得是用粉笔还是油漆，总之是白字排列成行，大书着排日的宣言。从这桥下穿出去，画舫按照高洲氏的命令，斜向右岸摇去。那里一片柳树直迫水际，低垂着枝条。

“刚才那座桥吗？那是大虹桥。这堤岸叫作春柳堤。”

高洲氏一边喝令停船，一边这样告诉我。

登上那春柳堤一望，只见隔着道路，麦田对面是草色氤氲的小山。而那小山上，像鼹鼠刨出的土堆似的，排列着小小的土馒头。有墓如此，亦殊不恶。我觉得扬州地底下，连死人仿佛也在微笑。我在柳荫下朝着徐家花园方向信步走去，口中背诵着记忆依稀的缪塞①——不过究竟是否为缪塞，颇有点靠不住。我只是信口念诵着柳、墓、水、恋、草之类应景随兴的词语，便总觉得颇类缪塞的诗。

游览了徐家花园之后，我们又乘上画舫，依旧溯河而

---

① 缪塞(Alfred de Musset，1810—1857)，法国浪漫主义诗人，小说家。

上。于是河流前方、久负盛誉的五亭桥渐展芳颜。五亭桥，一名莲花桥，也是座拱形石桥，桥中央一座，左右各两座，合计造有五座亭子，是一架甚为奢华的桥。亭柱、栏杆皆涂成幽寂的朱红色，虽奢华，却不浓艳。只觉得桥基石头的颜色，不妨再带点古味。可是大体的感觉，是极尽中国式的风雅，几乎到了与蔓延于四周的柳树、芦苇多少有点不尽谐调的地步。看到这座桥的娇姿在幽蓝的天空烘托下，展现在柳林之中时，我不禁面露微笑。西湖、虎丘、宝带桥——这些固然不能说恶，然而使我沉浸于幸福之中的，至少自上海以来，便首推扬州了。

二十五 古扬州(下)

“——五亭桥畔有座喇嘛塔。据说此寺叫作法海寺，涂成土红色的正殿自不待言，连喇嘛塔也荒废至极。然而疏落的竹林上空，高大的辣薤形塔身巍然耸立，不乏壮观感。我们在寺内溜达一圈后，再度乘上画舫。

“河两岸一成不变，寂寥的芦苇茁壮茂密，间或长着柳树和槐树。法海寺对岸好像是乾隆帝的钓鱼台。在这水乡风景中，有一座古亭。水路穷处，是平山堂坐落其上的蜀岗。便是从画舫上遥遥望去，松林、麦地和红土山崖错落有致的蜀岗，也显得颇富画趣。岗上春云静静地浮动，不时展露出蓝天——或许这种微妙的光线变化，也助了一臂之力。

“然而弃舟登岸后，见蜀岗——至少据称系欧阳修兴建的平山堂一带，是甚为闲雅的去处。堂在法海寺境内，与大雄宝殿并立。跨进凉飕飕散发着尘埃气息、幽暗的堂内，我不知为何竟自感到庆幸。我辨读匾额、楹联，观赏栏外景致，在堂中徘徊少时。堂主人欧阳修自不待言，曾来此一游的乾隆帝也一定和我现在一样，赏玩过这份悠悠自适的闲性逸致吧。在此意义上，我固凡俗，却也与古人默会神交了一番。堂前亭亭玉立着两棵白干松树，高凌于檐瓦之上。我仰视着这白松，想起了郑苏戡先生的阳台外边，也栽有这种树。为松树梢头所遮蔽的空中，杜鹃不绝地鸣啼飞过。……”

我信写了一半，“啊”了一声，向高洲氏颔首致意。高洲氏其时正端了一碗草决明，劝我饮用。——我们参观完名胜后，返回了高洲氏的府第。这府第面对一个宽敞的院子，说得好听些像中国的茅庐，说得不好听近乎破草房，是一幢草顶建筑。可是花草繁多的院子远非破草房之类所能联想。尤其此刻暮色苍茫，千日莲和雏菊隐隐约约，让人萌生近似明星派和歌[①]的心情。——我瞩眺着窗

---

① 明星派，源于与谢野铁干（1873—1935）主编、于1900年创刊的杂志《明星》，这一派歌人又被称为“星堇派”，表现出浪漫主义风格。

外的院落，将尚未写完的信抛在一边，缓缓地啜着滚烫的草决明。

“只要喝这个就可以祛病延年呐。我是咖啡红茶一律不喝，早上晚上光喝这个。”

高洲氏面前也放了只茶碗，鼓吹着草决明的功效。按所谓草决明，是用决明子的籽实煎制而成，加入牛奶和砂糖后，作为饮料殊为不恶。

“就是何首乌一类吗？”

岛津氏喝了一口，拭去沾在唇髭上的点滴。

“何首乌那玩意儿是淫药呀，草决明可完全不同。”

我不理会他们的谈话，重新写起信来。

“——我们预定今夜在高洲氏家中借宿一晚之后，返回镇江。可能在镇江与岛津氏分手。我在苏州时曾和岛津氏大吵过一场，可是此刻却在后悔何以竟会同这般好汉吵架。关于此点敬请放心。

“好像坊间风传，高洲氏是年俸好几万元的大官。这间屋子里就放着紫檀卧床，陈设着各色古董，比宾馆远为豪华。不过由于卧榻不够，我只得安于在长沙发上与岛津氏同衾的命运。听说还得头和脚为伴，枕头分置两头，不知道我的头何时会被岛津氏的脚踢飞。岛津氏的双脚曾踏破赤县山河，我知道它们是何等厉害。想到这双脚要在我的枕边横躺整整一夜，的确不是件令人快慰的事。我像古时候袈裟御前决心痛挨盛远的拳脚[①]，安静地独自就寝一般，今晚预先……”

我急忙将信藏起。

“信写得很长嘛。”

岛津氏仿佛心绪不宁似的，在屋内踱来踱去，扫了我的信一眼。没准岛津氏自己内心也忐忑不安，担心会被我踢飞脑袋。

二十六　金　山　寺

“对联的文字也变了嘛。你看看，那里贴的是‘独立大道，共和万岁’。”

“果不其然，这一副也是新的，写着‘文明世界，安乐人家’。”

我们坐在人力车上上下颠簸，一面交谈着。狭窄的街道两旁店肆鳞比，小吃店、小客栈，个个显得脏兮兮的。门口贴着红纸门联，读来大抵便像刚才的对话中提及的，写着新时代的对子。我们此刻所走过的，不是吴中门户镇江，而是“西历一八六一年根据《天津条约》被迫开

① 袈裟御前是《平家物语》中的美女，嫁与源渡为妻，失身于远藤盛远后自杀。盛远剃度出家，后称文觉上人。芥川曾以此为题材，写过小说《袈裟与盛远》。

放港口”的、民国十年的镇江。

“看见那个穿大红衣服的小孩子了吗？”

“啊，看见了。一个胖胖的妇人抱着。”

“对对对。那是生了天花。”

我突然想起来，这四五年已经不再种牛痘了。

交谈之间，我们的人力车抵达了镇江火车站前。可一查时刻表，开往南京的火车离上车还有一个多小时的余裕。既然还有余裕，就没有道理不去那座山上佛塔遥遥在望的金山寺看看。我们商议一定，立刻又做上了人力车上客。但说是立刻，其实一如既往，为了讨价还价，照例又花去了十来分钟。

车子最初经过的，是滚地龙连绵成片、颇为原始的贫民窟。那滚地龙屋顶铺的全是稻秸，几乎看不到涂了泥的墙壁，多系蒙上芦席或苇箔做成。男男女女蹬蹀往来，人人面色凄楚。我望着草棚后挺拔的芦苇，竟至疑心可能再次染上天花。

“怎么样，那条狗？”

“一根毛也不长的狗委实少见，看上去挺吓人的。”

“像那样的，全是梅毒啊。听说是被苦力之辈传染上的。”

车子其次经过的地方，有河流，有木材店——总之像个木材堆积场。这里家家屋檐下贴着红纸片，上面排列着

“姜太公在此”的字样。这一定是和“为朝御宿”[①]一样的咒文。渡河到对岸，穿过凄凉的街道，只见红墙环绕，寺门挺立。门前，一个乞丐端坐在松树底下，不知何故在做深呼吸。说不定那是为了乞哀告怜而故意做出痛苦的表情。

金山寺当然就是这座古庙。我们弃车步行，在寺内巡游了一圈。可是无奈还得赶火车，无心悠闲地仔细观览。此寺倚山而建（据说从前这里是个岛屿），层层大殿一层高过一层。沿着其间的石阶上上下下，极目望去，粗略的感受，自然就像未来派的绘画，莫名地错综复杂。而当时的印象，这段记在手册上的无疑就是，姑将它抄写下来，大体便是这种格调。

粉壁。红柱。粉壁。干燥的路石。宽阔的路石。忽而又是红柱。粉壁。横梁上的匾额。梁上的金色、红色、黑色。大鼎。僧头。头上的六个灸痕。长江的波涛。泛着赭色泡沫的波涛。无边无际起伏不定的波涛。塔顶。雕甍上的草。塔顶雕甍划破天空。嵌在墙

① 源为朝(1139—1170)，著名武将。日本的旅馆往往挂出这种广告牌，声称名将曾在此留宿。

壁上的石刻。金山寺图。查士票[①]的诗。翩翩飞来的燕子。粉壁与石栏。苏东坡木像。雕甍的黑色、柱子的红色、墙壁的白色。岛津氏窥视着照相机。宽阔的路石。帘。突如其来的钟声。落在路石上的葱的色彩。……

似乎仅仅这么写来，读者恐怕会莫名其妙。然而如若不算作读者已经明白领悟，则非得重新写来，自寻麻烦。麻烦之类，倘是平常自然是在所不辞。可是我眼下人在名古屋，加之旅伴菊池宽发了烧，正在病床上呻吟。务请诸位高抬贵手，姑且算作已然明了。写完了这一回，我还得赶赴菊池的病房探病。

二十七　南京(上)

抵达南京的当天午后，我匆匆忙忙地和一位叫作什么来着的中国人，为了一览市容，照例又做上了人力车上客。斜晖流金的街头，屋宇鳞比中夹杂着洋房，房屋后面可见麦田和蚕豆地，还有白鹅戏水的池塘。而且相对而言

---

① "票"疑应为"标(標)"。查士标(1615—1698)，明末清初诗人、画家。字二瞻，号梅壑散人、懒老。有《种书堂遗稿》。

较为宽阔的街道上，行人疏疏落落。向导游的中国人一打听，说是南京城内五分之三化作了农田或荒地。我望着路旁的柳树、圮毁在即的土墙、成群飞舞的燕子，沉浸于怀古之情，同时也想到倘若买下这么一块空地，没准便能做上了暴发户。

“要是有人趁现在买下来多好。浦口（南京对岸的城镇）发展起来的话，地价肯定会暴涨。”

“那不成的。中国人都不考虑明天的事，不会有人去买地的。”

“那你就一个人考虑好了。”

“我也不考虑。首先不可能考虑。不是被烧掉房子，就是被砍掉脑袋，明天的事没人搞得懂。这点和日本不同。反正现在的中国人不去关心孩子的未来，而是沉湎于美酒和女人。”

交谈之间，街道上开始出现了服饰店、书店之类热闹的店肆。我在爬灵岩山的归途几度迷路，结果终于日暮途穷，又是连驴带人冲进水田，又是被雨水淋得如同落汤鸡一般，受了不少磨难。作为其纪念，小羊皮鞋上开了两三个大洞。幸而看到一家鞋店，我痛感有买鞋的必要，赶紧下令将车子停到这家鞋店的橱窗前。

走进店内一看，铺面比想象的要大，而鞋匠却只有两人，孜孜矻矻地在做鞋。四周的大玻璃橱里，陈列着西洋式的鞋子，当然也有各式中国鞋。黑鞋、桃红色的鞋、淡蓝色的鞋——中式鞋全是缎面，大大小小各种各样的男鞋女鞋，排列在夕晖之中，也并非不给人以莫名的美感；加之站在账台边的店主人又是个肤色白皙、面色温柔，因而益发令人心悸的、单目斜视的男子：我一面感受到某种罗曼蒂克，一面开始物色现成的鞋子。也许这家店里，货架的某处，会有用人皮缝制的纤巧的女鞋亦未可知。——心底多少存有这种念头。不过我买的鞋子却一点也不罗曼蒂克，是双正价六元的高腰靴子。颜色是——后来我足蹬这双鞋子邂逅村田乌江君，曾遭到了他的残酷批评："好怪的颜色呀，简直像穿着皮包在走路嘛。"实际也的确如此，像黄不黄，像黑不黑，是一种奇妙的红色。

穿上新鞋子后，又乘车奔通往贡院的道路而去。贡院是从前的文官考场，据说面积约三万坪[①]，总共二万零六百间，规模之大，令人咋舌。匆匆一过的观感是，和长排平房无大差别。可是，在夕阳西沉的空中巍然耸立、唯有粉壁微微泛白的明远楼下，无数的飞甍连绵栉比，这景色岂止令人觉得铺张，更显得无比荒凉。我望着这屋顶，陡然感到普天之下的考试制度统统无聊之至。同时也想为普天之下的落第书生奉献上满腔的同情。诸君之所以考试落

---

① 一坪约为 3.2 平方米。

第，并非因为诸君无能，仅仅是因为不幸的偶然。古来中国的小说家为了化这偶然为必然，以诸处贡院为舞台，创作出了因果报应的鬼怪故事。可是那不足为信。非也，这些故事毋宁是证据，证明他们也明白无误地知晓，在考试的及落上，偶然是何等地横行无阻。尽管诸君名落孙山，但诸君的能力却不容置疑。因为一旦怀有疑虑，则诸君不唯葬送了自己，而且还将陷诸君的前辈、诸考官们为精神杀人犯。君不见如我之辈，纵然考分不及格，可对于我自身的能力，却不曾夹杂丝毫的疑念。因此当时的考官诸公与我交往时，也并不感到良心的呵责……

"贡院本来还更加大的。"

导游的声音猝然惊醒了我的胡思乱想。他回首看着我，手指着蝙蝠点点飞舞其上、悲凉的瓦屋顶。

"这儿一度曾经用作选举议员的会场，从去年开始被大举拆毁了。"

我们的车子在交谈之间，向闻名内外的秦淮河驰去。

二十八　南京(中)

我坐在宾馆的西式房间里，口衔着带焦煳味的雪茄，记录着昨天匆匆一游的秦淮景色。此处是日本人经营的旅舍，室内一隅戳着的色彩浓艳的涂漆屏风，令我苦痛不已；加之劣质白脱油烤制的面包，从刚才起就憋在我的胃囊口上：我多少感到了乡愁，同时拼命走笔疾书。

“过秦淮河夫子庙。时既已薄暮，门锁，不令人入。门前见一老说书人，为多位闲人所围，在讲《三国志》。掌中扇子，舌头谐谑，仿佛如日本街头说书者。

“自桥上眺望，秦淮乃平凡之污水沟也。河幅宽略似本所竖川[①]。两岸人家栉比，云皆酒楼、妓馆也。人家上空见新树梢。无人画舫三四，系泊暮霭中。古人云：‘烟笼寒水月笼沙。’此般风景已不可见。今之秦淮，可曰乃俗臭纷纷之柳桥[②]也。

“于水畔饭馆吃晚饭。云乃一流酒楼也，然室内不甚绮丽。柱雕菊花，涂以漆。地板西瓜子散落。水墨四君子轴笔法拙劣。毕竟今日中国之菜馆，仅可满足味觉之享受，余者未可与之谋也。八宝饭佳。所费计入小账，二人共三元二角。用膳际，邻室闻胡琴声，歌声随之继起。昔日一曲《后庭花》愁杀诗人，然东瀛游子无多恨也。口噙青黑色鸡卵[③]大嚼，与醺醺微醉之导游议明朝日程多时。

“步出饭馆，夜色已深。家家电灯。光照妓女之人力

---

① 竖川，东京墨田区（原本所区）一河名，注入隅田川。

② 柳桥，在今东京台东区，从前为烟花巷。

③ 疑指皮蛋。

车，宛然如行代地[①]河岸。然不见一姝丽。我疑《秦淮画舫录》中之佳丽，不夸张者有几人哉。若夫《桃花扇》香君之辈，岂独秦淮妓家，遍历四百余州，恐亦无一人焉。……”

我猛地抬起头来。只见报社的五味君[②]身穿中式服装，伫立桌前，看上去似颇暖和的黑马褂儿上外罩蓝色大褂儿，评之为威风凛凛也不算夸张。我在寒暄之前，先对其中式服装表示了敬意。（后来我的中式服装让北京的日本人诸君大为恼火，的确是这位五味君的坏影响。）

“今天我来领路。咱们上明孝陵和莫愁湖去。”

“是吗，那就赶快走吧。”

我与其说想游览名胜，不如说想早点消化掉胃里的面包，赶紧穿上了外套。

一个小时之后，我们两人走在通向钟山明孝陵的堂皇雄伟的石桥上。孝陵由于长毛贼[③]之乱，殿堂楼阁大抵都被烧毁，纵望四方，满目唯见荒草。这离离荒草中，矗立着高大的石像，残存着宫门基石。毕竟不同于奈良郊外的绿芜，不是追怀身佩银剑的少年公子的那种寂寥。便是眼前这座石桥，石缝里也处处开满了蓟花，无须加工，便是

---

① 代地，东京地名，在今台东区藏前。

② 未详。应为大阪每日新闻社的记者。

③ 指太平天国之乱，作者秉持的是正统史观。

怀古的诗境。我忍住不适欲呕的感觉，仰望钟山松柏，苦心冥想着前人的一首“六朝金粉”云云的诗。

陵墓本身——不知确否如此，总之巍然耸立的，是高得出奇的石壁。石壁正中，是一个似乎连汽车也可以畅通无阻地斜向上方的隧道。连这隧道的高度，也只占了墙高的四分之一。我伫立在隧道前，举目仰视着浅黑色石壁上方晚春时节高远的蓝天，仿佛觉得自己的身体小得好似一只小鸟。随后往那儿石径上杂草丛里，吐了几口酸水。

穿过隧道，沿着石阶向上，终于登上了陵墓的最高处。那里既无屋顶也无柱子，只剩下一圈红墙。四周草木葳蕤，墙上满是涂鸦痕迹——照例是满目荒凉。然而站在陵上骋目四望，只见纷纷群燕飞舞，方才经过的那座石桥自不待言，正殿、郭门、淡白色的陵道——阳光普照下，苍莽河山，遥遥向远方伸展开去。五味君仿佛睿山①的平将门②一般，悠悠然迎着春风，俯瞰着点点从眼底下走过的几个男女。

“你瞧，今天西门外有高跷队表演，好像看客很多。”

然而头戴鸭舌帽的纯友③，因为口中满含着酸水，连动问一声高跷队是怎么回事的力气也没有。

---

① 睿山，即比睿山，在滋贺县琵琶湖畔。

② 平将门(？—940)，平安中期起兵叛乱的武将。

③ 藤原纯友(？—941)，平安中期的武将，与平将门同时在濑户内海起兵叛乱。

二十九 南京(下)

回到宾馆后，我径直爬上床去。胃照样疼痛不止，好像还有点发烧。我竟觉得仿佛自己会躺在这张床上，空怀旷世的大志，一命呜呼。我向前来送茶的束发的女茶房打听有没有按摩的。她说没有纯粹按摩的，但是有兼做按摩的剃头匠。我说剃头的也好，开澡堂的也行，赶快把他叫来。

女茶房慌忙退下后，我掏出和久米正雄配对买的镍壳表来一看，两点刚超过几分钟。今天只游了孝陵，没去莫愁湖就打道回来了。在西湖吊过苏小小，在虎丘吊过真娘，因此也想去凭吊一下三大美妓之一的莫愁。但是落得眼下这种地步，便身不由己了。今天同五味君去秦淮的菜馆吃午饭时，我正想喝鲍鱼汤，突然一阵剧烈的胸闷袭来，难受得连话也说不出。说不定与胃病同时，肋膜炎也再度发作了亦未可知。想到此，我益发疑心自己五六分钟之内便会命归黄泉呜呼哀哉。

少顷，忽然有人说话，我抬起埋在床上的脸，只见一个中国彪形大汉站在床前。我受到轻微的冲击。当真在那涂漆屏风前突然发现这么一个半截塔，任谁都不会感到心情舒畅。而且他一看见我，立即悠悠然动手卷起中式衣服的袖子来。

“你要干什么？”

尽管遭我高声怒斥，他却丝毫不动声色，接着只回答了一个词：

“按摩！”

我不禁苦笑，对他做了个“来吧”的手势。可是这位兼做剃头匠的按摩师傅，既不揉捏也不敲叩，仅仅是从颈部向背部，按部就班一味地拧着肌肉，然而却绝不可小觑。我感觉到全身的酸痛渐渐舒缓，信口开河地连声称赞：“好！好！”

然后睡了两个小时左右午觉，元气大大恢复。五点钟约好了同五味君和多贺中尉——多贺氏是我少时爱读的《家庭军事谈》的作者。我用的仍是他当年的署名、最令我感到亲切的多贺中尉这一名字，而其现用名我却至今也不得而知。这位当年的多贺中尉约定请我吃饭。于是我又是刮胡子，又是穿黑色西服，五点之前整装完毕。

那天晚上我和多贺中尉一面啃着海带和鱼干，一面谈论《家庭军事谈》。这海带、鱼干是根据所谓抵抗疗法[①]而编排出来的、阴险毒辣的菜谱的一部分。中尉一见之下，极具武人气度，是个铁骨铮铮的汉子，然而谈吐却也不拙

① 以增加抵抗力来治病的疗法。

笨。我同中尉聊聊桂月先生[①]的闲语，同另一位年轻的陪客谈谈江南风光，暂时忘却了病体。尤其是这位陪客，连吃干栗子时，也表现得甚为优雅，至今仍然记忆犹新。

我们用毕晚餐，坐在客厅里又交谈了一会儿。这里陈设着中国的出土文物，描绘着鲜红山峦的俗子村夫的画，还有仿佛是古董的东西。我已被那架涂漆屏风折磨了半晌，因此漫然坐在这客厅内的安乐椅上，感到由衷的愉快。加之中尉幸而似乎还并不独具只眼，足以就唐三彩之类大展辩才。

未几，话题转到了疾病上来。

“在南京，怕的就是生病。自来在南京生了病，要不赶快回日本，没有一个人保得住性命。”

多贺中尉喷着酒气，既像是不经戏谈，又像是一本正经，下了一个甚不可靠的结论。“没有一个人保得住性命。”听到此话，我陡然再次疑神疑鬼起来，担心自己会一命归西。同时下定了决心，明天栖霞寺也不看了，莫愁湖也不看了，坐上头班火车径直赶回上海去……

翌日赶回上海的我，在细雨迷蒙的后日早晨，坐在里见医院的诊察室里，接受叩诊与听诊。一番诊察结束后，里见大夫一面洗手，一面对我露出笑颜。

---

① 大町桂月(1869—1925)，文学家，晚年曾来华。

“哪儿都没问题，大概是神经作用吧。”

“但是我还得从汉口赶到北京去……”

“这种旅行是不要紧的。”

我总之很高兴。但高兴之中却也夹杂了失望，专程赶回上海，结果却徒劳往返。里见大夫是位优秀的医生，但令人遗憾他不是优秀的心理学家。倘若我是医生，哪怕是无病无灾，也一定会做出如下诊断：

“右肺有轻微炎症。建议当即住院。”

长江游记

前　言

这是三年前去中国游行时，溯长江而上的纪行。在这瞬息万变的世间，三年前的纪行之类也许不足以唤起任何人的兴趣。然而人生行旅，但凡记忆，毕竟都是数年前的纪行。喜爱我的文章的读者诸君，请你们能否像对待“堀川保吉”①一样，对这一篇《长江》也略微垂之以青眼呢？

我在溯长江而上时，不断地怀念着日本。然而此刻在日本——炎暑难当的东京，则又怀念着汪洋浩渺的长江。长江么？不，不独长江。我还怀念芜湖、汉口、庐山松、洞庭波。喜爱我的文章的诸君，请你们能否像对待“堀川保吉”一样，对我这追忆癖也略微垂之以青眼呢？

---

① 芥川描写自己身边生活的小说的主人公都用这个名字。

一 芜 湖

我同西村贞吉[①]一起漫步在芜湖街头。此地的街道也照例是终年不见阳光的石头路。两旁是银楼、酒栈之类，吊着业已看惯的招牌。在中国滞留已达一个半月的现在，当然丝毫不会觉得稀奇。加之每当独轮车经过时，车轴吱吱，响声大作，喧闹得令人头痛。我面色暗淡，不论西村说些什么话，总是含含糊糊地爱理不理。

西村为了招邀我，一连寄了好几封信到上海来。尤其是抵达芜湖的当夜，又是专程派小汽轮前来迎客，又是设欢迎宴款待，竭尽亲切之能事——然而由于我所乘坐的凤阳号从浦口起航晚点的缘故，他的这番美意悉尽付诸了东流。不唯如此，在他的公司宿舍唐家花园安顿下来之后，又在饮食、穿着、寝具上，百般予以照顾，念之唯有惶恐不安而已。如此观之，为了这位东道主，在芜湖的两天逗留也非得过得称心如意不可。然而我这绅士式的礼让，却在一睹西村那寒蝉也似的尊容之后，忽地消失得无踪无影了。这并非西村之罪，而是使用“小子、老子”取代“你、我”的、我们之间的亲密关系之罪。否则当面对在

---

① 西村贞吉时在芜湖经商。

大街中央撒尿的猪猡时，我就绝不会那般公然地表示不快，而会更有所节制，深藏不露。

“这儿很无聊嘛，芜湖这地方。不对不对，不只一个芜湖啊，老子对中国已经厌倦之至。”

“因为你小子太少年成老啦，中国也许和你小子性格不合。”

西村虽然精通洋文，日语却甚为生硬。将“少年老成”说成“少年成老”，“鸡冠子”说成“鸡子冠”，“皮夹子”说成“夹皮子”，“一往无前”说成“一无前往”……这类将日语说错的例子，此外还多得不胜枚举。不过我可不是专程来教他日语的，所以仅仅做出一脸苦相，并不置一词，继续迈步向前。

于是路幅稍宽的大街上，出现了陈列着女人照片的人家。屋前，五六个闲汉盯着照片上的女人脸看，悄声说着什么。我问道：这是什么？答曰：济良所。济良所并非教养院，而是保护自由废业的妓女的地方。

大致游览完市容后，西村将我领到叫作倚陶轩，一名大花园的酒楼。据说此处原是李鸿章的别庄。可是迈进园内时的感觉，与洪水退去后的向岛[①]一带绝无二致。花木稀少，土地荒芜，“陶塘”的水也污浊不堪，屋内空空荡

① 向岛，在东京墨田区，面临隅田川，明治四十三年(1910 年)曾发大水。

荡，一派几乎与酒楼毫无干系的光景。我们望着屋檐下的鹦鹉笼子，吃了顿果然只有味道极佳的中国菜。可是，从用膳那一刻起，我对中国的嫌恶情绪逐渐开始带点涌血冲头的味儿来。

当天夜里，在唐家花园的阳台上，我坐在和西村并排摆置的藤椅上，热心得到了可笑的程度，大肆说起中国的坏话来。现代中国究竟有什么？政治、学问、经济、艺术，自嘉庆道光以来，难道有一件可资自豪的作品吗？而且国民不问老幼，一味高唱太平乐。当然年轻一代中，或许可以看到一些活力。然而连他们的声音，也缺少足以在国民胸臆中唤起回响的极大热情，这也是事实。我不爱中国，即使想爱也爱不起来。在目睹了这种全民性的腐败之后，却依然能够爱中国的，倘不是颓唐至极的“散色利私佗”①，便是浅薄的中国趣味的盲目憧憬者。不然！便是中国人自己，只要尚未心智昏瞀，就一定会比我们这些一介匆匆过客更其不堪厌恶之情……

我滔滔不绝地夸夸其谈。阳台外，槐树梢头静静地笼罩着月光。这槐树梢后，远方粉壁纵横的街市尽头，一定就是长江水。江水滚滚流向天际，那里有赫恩②梦魂萦

---

① “散色利私佗”，英文 sensualist，肉欲主义者。

② 拉夫卡迪奥·赫恩（Lafcadio Hearn，1850—1904），英国人，入日本国籍后更名小泉八云。

绕、蓬莱仙境般地令人怀念的日本列岛。啊，我想回日本。

“你小子不是随时都可以回去的么？”

受到乡愁感染的西村，望着在月光下翩翩徘徊的硕大飞蛾，几乎自言自语般地这样说道。我的逗留，任如何考虑，似乎都没为西村带来益处。

二 溯 江

我一共坐过三艘溯江汽轮。从上海到芜湖是凤阳号，自芜湖至九江系南阳号，由九江去武汉为大安号。乘坐凤阳号时，曾和一位伟大的丹麦人同船。此君名叫芦丝，洋文写作 Roose。据说他已纵横中国二十多年，因此不妨将他想象为当世之马可 · 波罗。这位豪杰只要一有空，便捉住我或是同船的田中君，海阔天空地大谈特谈其如何征服二十几英尺长的蟒蛇的故事、广东盗侠蓝广生（究竟是哪三个汉字连芦丝氏自己也不甚了了）的故事、河南直隶饥馑的故事、打虎猎豹的故事等等。其中最为有趣的，是和一对同桌用餐的美国夫妇谈论东西两洋爱情观。这对美国夫妇，尤其是那位细君，仿佛西洋对东洋的侮蔑穿上了高跟鞋一般，是个甚为骄横的女人。依她的高见，中国人自不待言，连日本人也不知道“辣务”[①]为何物，他们的蒙昧令人垂怜。听了这些话，芦丝氏面对着一盘咖喱饭，猛然提出异议来。不对，爱为何物，即便东方人也是心领神会的。比如说四川有位少女——于是便鼓吹起其拿手的广见博闻来。那细君一面剥着香蕉皮，一边说道：不，那不是爱，不过是“屁涕”[②]罢了。那么再比如说日本东京的某位少女——于是芦丝氏不屈不挠地又开始举起实例来。最后，这位细君大约也终于怒上心头，突然站起身来，同夫君一起拂袖离席而去。我至今依然清晰地记得当时芦丝氏的表情。此公向我们这帮黄皮肤伙伴送来调皮的微笑，用食指敲敲额头，说了句什么“乃肉卖淫的”[③]之类。不巧的是这对美国夫妇在南京就下了船，倘如一直同船旅行的话，肯定还会掀起种种兴味悠长的波澜来。

在从芜湖起航的南阳号上，遇上了竹内栖凤[④]一行。栖凤氏也预定从九江下船登庐山，我与竹内家的公子——这么称呼似太可笑。“公子”自然是无疑的了，不过，兴许是过于亲密的缘故，总觉得称之为“公子”颇有点虚伪。

---

① “辣务”，英文 love，即爱。

② “屁涕”，英文 pity，即怜悯。

③ “乃肉卖淫的”，英文 narrow-minded，即心胸狭隘。

④ 竹内恒吉(1864—1942)，号栖凤，日本画家。

但总而言之，与这位公子逸[1]氏等人一起溯江而上，心情甚为愉快。不管怎么说，长江虽大，但毕竟不是海洋，因而既无左右摇晃，也无上下颠簸。船身劈开仿佛机器传动带似的流水，悠悠地向西航行。仅此一点，长江的旅行对易晕船的我而言，就足够是愉快的了。

江水一如前述，是近乎铁锈的黛赭色。不过，远方江水涯际，由于蓝天反射的效果，望去倒也不无钢蓝色的感觉。遐迩闻名的大木筏接二连三顺江而下。仅我自己，就亲眼目击过饲养着猪猡的筏子。由此看来，也许还会有把整个村落载于其上、巨大无朋的大木筏也未可知。而且名字虽叫木筏，但上面既有顶又有墙，其实是漂流在水上的房屋。据南阳号船长竹下氏[2]说，这些木筏上乘的都是云南贵州的土人。他们从遥远的山中，逐着万里浊流，优哉游哉地顺江而下。在安然抵达浙江、安徽等地的城镇后，再将扎成筏子的木材卖了换钱。其旅程，短的要五六个月，长的几乎要一年。离家时女人还仅仅是妻子，回家时却已经做了母亲。然而往来于长江之上的，当然并不仅限于这种木筏子之类原始时代的遗物。有一次还目睹一艘美国炮舰，对着由小汽船曳着的

---

① 竹内逸(1891—1980)，栖凤长子，评论家。

② 《上海游记・十九》中写作“南阳号船长竹内氏”。

标靶，在进行实弹射击。

江面的宽阔，前面已有言及。可是由于江中有三角洲，当远离一边的江岸时，必然看得见另一边的草色。不独草色，还看得见水田中稻苗摇曳，看得见水牛茫然呆立，看得见杨柳直迫水际。青山当然也看见好几座。我在来中国之前，曾和小杉未醒氏交谈过，他在旅行注意事项中加入了这么一条：

“长江的水面很低，两岸却极高。所以得爬到高处去。船长坐的——那叫什么来着，不是很高的么？不上到那儿去，是看不远的。可那儿不让普通乘客上去。所以得糊弄好船长……”

因为是前辈高言，所以凤阳号也罢南阳号也罢，为了随心所欲地领略江上风光，我一直企图糊弄好船长。然而南阳号的竹下船长却在我尚未下手去糊弄他之前，先自热情地来邀请我去了船顶上的船长室。可是上去一看，风景却并无特别的变化。实际上，即使在甲板上，也可以无遮无拦地纵情观赏陆地的风景。我觉得不解，便向船长坦白了想糊弄他的企图，然后请教他何以会如此。于是船长笑了起来：

“那是因为小杉先生来的时候江水少的缘故。汉口一带水面的高低，夏天和冬天相差四十五六英尺呢。”

三 庐山(上)

嫩芽初吐的树枝上，吊着猪的尸骸。皮已剥去，头朝下后腿向上地吊着。为脂肪所裹蔽着的猪，周身雪白，令人不快。我望着它，心里想道：将猪倒吊起来到底有何乐趣呢？将猪吊起来的中国人也趣味低级，而被吊起来的猪也愚不可及。归根结蒂，恐怕哪儿也找不到比中国更无聊的国度了。

其间，很多苦力在准备我们的滑竿，吵嚷声大得令人无明火起。苦力中自然没有一个人长得像模像样，然而尤为面目狰狞的是苦力头。这位苦力头的草帽上卷着一道黑色的丝带，上面用白字写着洋文：Kuling Estate Head Coolie No①。从前享乐主义者马瑞乌斯②据说曾从玩蛇人所使唤的蛇脸上，感到了某种类似人的东西。而我却从这位苦力头的脸上感到了某种类似蛇的东西，益发觉得中国看不顺眼。

十分钟之后，我们一行八人坐在滑竿的藤椅里上下颠簸，爬上了满是乱石的山道。所谓一行，包括竹内栖凤氏

---

① 英文“牯岭苦力头”。“NO”疑应为“N.O.”，即 Number One。

② 即 Marius the Epicurean，英国作家 W.H.Pater(1839—1894)同名小说的主人公。

一家老小，再加上大元洋行[①]的老板娘。滑竿坐上去要比想象的舒适。我将双腿长长地伸在滑竿的抬杆上，赏玩着庐山风光。这么写来似乎十分体面，但风光绝非奇绝，无非是在茂密的杂木丛中开着水晶花罢了，丝毫没有庐山的感觉。早知如此，何必渡海越洋，不如去爬爬箱根的旧道算了。

前日晚上，我在九江住了一宿，旅馆便是大元洋行。我躺在二楼，读着康白情的诗。于是从浔阳江畔泊着的中国船上，传来了类似三弦的乐声。这好歹让我产生了风流的感觉。可是次日早晨一看，尽管威风十足地号称浔阳江，却原来果然是条污水沟，所谓“枫叶荻花秋瑟瑟”的潇洒韵致根本无处可寻。江上一艘木壳军舰，仿佛征伐西乡时用过的一般[②]，奇模怪样的大炮张着大口，系在琵琶亭畔。惺惺之情姑且搁置一旁，我正在想象浪里白条张顺、黑旋风李逵今犹在否，眼前船篷之中，突然探出了一个丑恶之极的屁股，而那屁股竟大胆地——此话说出来实在有失斯文——对着河水悠然自得地出起恭来……

我胡思乱想着，不知几时迷迷糊糊地打起了瞌睡。几

---

① 大元洋行，当时九江最大的日本旅馆，后改名为增田旅馆。

② 明治十年(1877 年)，西乡隆盛因与当时的政府政见不合，起兵叛乱，被政府军镇压，史称西南战争。这里是说舰、炮原始。

十分钟过后，滑竿停下，我睁开了眼睛。只见眼前突兀地出现了一面险峻的斜坡，上面胡乱地堆出一道石阶。大元洋行的老板娘说明道：从这里起滑竿上不去了，请诸位下轿步行。我无奈，只得同竹内逸氏一道，开始爬起陡峭的长坡来。风景依然平凡无奇。唯有坡道的左右两侧，可以看见炎天飞浴着尘埃的野蔷薇而已。

一会儿在滑竿上颠簸，一会儿徒步登山，历经千辛万苦之后，终于到达牯岭时，已是下午一点钟了。而这避暑胜地的一角，和轻井泽①外围的僻地完全一般无二。而光秃秃的山脚下，中式灯具店、小酒栈之类东倒西歪，这景色比起轻井泽更要等而下之。环顾西洋人的别墅，式样别致可喜的一间也无。全都在炎炎烈日下，烘烤着涂着红漆或蓝漆的寒碜的铁皮屋顶。我一面拭着汗，一面心想，兴许是牯岭租界的开拓者、牧师爱德华·李德利②先生在中国待得久了，以致将判断美丑的能力丧失无遗了。

然而穿过了此处，面前显现出一片宽广的草原。盛开着的蓟花与除虫菊之间，水晶花也朵朵绽开。草原的尽头，有一户石垣环抱的红色小房子，背靠着怪石峋嶙的山峦，一面日章旗③翩翩招展。看到这面旗帜时，我想起了

---

① 轻井泽是著名避暑地，在长野县。

② 爱德华·李德利，英国传教士。光绪年间从清政府获取租借牯岭的权利。

③ 日本国旗，俗称“膏药旗”者即是。

祖国——或者毋宁说，想起了祖国的米饭。因为这户人家就是将填饱我们辘辘饥肠的大元洋行分店。

四　庐山(下)

吃完了饭，陡然觉得寒气袭人，到底是海拔三千尺。庐山固然无聊，但这份五月的寒意却值得珍重。我坐在窗前的长沙发上，遥望着石山上的松树，总之对于庐山作为避暑地的价值，很乐意表达敬意。

这时飘然而进的，是大元洋行的老板。老板看上去已经年过五十，然而面色红润，显示出他是个精力充沛、毅力过人的活动家。我们以这位老板为伴，大谈起庐山来。老板颇为雄辩，也许雄辩得过分，甚而至于兴之所至，竟将白乐天的大名缩短为“白乐”，仅从这一点，便可想而知他是何等豪爽了。

“连香炉峰也有两个。这边这座是李白的香炉峰，那边那座是白乐天的香炉峰——这白乐的香炉峰，却是个一棵松树也不长的秃头山……”

大体就是这种风格。可这还算好的。香炉峰有两座，于我们而言毋宁更为便利。将原本独一无二的东西弄成两个，也许犯了无视专利权的罪。然而既然是已经有了两个的东西，纵然将它弄成三个，也算不得是非法行为。因此我立即将对面遥遥在望的那座山，算作了“我的香炉峰”。然而老板除了雄辩之外，还视庐山如恋人一般，满怀着热烈的眷恋。

“这座庐山吧，有五老峰、三叠泉等等许多古来名胜。既然要游览，任怎么短，也得一个礼拜，十来天更佳。最好是一个月，甚至半年。只不过冬天的话，山上有老虎出没……”

这种“热爱第二故乡之心”并不仅限于这位老板。侨居中国的日本人尽皆如此，个个一往情深。倘若有士人对访华旅行寄以愉快的期待，则哪怕不无遇上土匪的危险，也必须努力尊重他们的“热爱第二故乡之心”。上海的大马路有如巴黎。北京的文华殿也好比卢浮宫，赝画连一幅也没有。——非得如此表示钦佩不可。然而在庐山滞留一周，却远比单单表示钦佩要辛苦得多。我首先提心吊胆地向老板诉说自己的病弱，然后表示可能的话，希望最好明天早晨下山。

“明天就回去了么？那哪儿也看不成喽。”

主人半是悯怜、半是嘲讽地回答我道。可是，我还以为他已然彻底对我失去了信心，谁知他竟再次热心地劝道：“那么趁现在到这附近去看看。”连这也拒绝，简直比上山打虎更其危险。我无奈，只得随着竹内氏一行，出门去看并不想看的风景。

根据老板的说法，牯岭镇市街距此处仅仅一步之遥。然而实际上走起来一看，岂止是一步两步之遥。山路在茂密的野竹丛中蜿蜒逶迤，通向天边。不知何时，我感觉盔形帽底汗水滴滴下落，心中对这座天下名山的愤慨益发如火上浇油。名山、名画、名人、名文——但凡带“名”字的东西，都是将以自我为重的我们变成传统的奴隶的东西。未来派的画家们主张大胆破坏古典作品，破坏古典作品的同时，顺便把庐山也用炸药炸飞了才好。……

然而好不容易到那儿一看，只见在山风中呼啸的松林间，眼底岩石环抱的山谷里，红的黑的，无数屋顶错落有致，景致远比想象的赏心悦目。我坐在路旁，点燃了一支慎重珍藏在口袋里的日本的“敷岛”。可以看见斜挂着钩织窗帘的窗牖，还可以看见如茵的网球场。白乐的香炉峰姑且搁置不问，反正避暑胜地牯岭似乎是足以消得一夏的去处。我在竹内一行大步远去之后，犹自茫然地口衔香烟，俯看着人影依稀可见的家家户户的窗口，一边想起了留在东京的孩子①的面庞。

---

①　其时，芥川长子比吕志一岁。

北京日记抄

一 雍 和 宫

今日亦从中野江汉君[①]午际趋雍和宫一游。喇嘛寺等类，原略无兴味，否也，毋宁喇嘛寺等类，原嫌厌之至，然既为北京名胜，则固作游记之须，纵于情理，亦不可不前往一观。仆之辛苦，唯自知也。

遂乘人力车而往，车微污。至门前，果大伽蓝也。然则所谓大伽蓝者，莫不有一大殿，而此喇嘛寺则非。永佑殿、绥成殿、天王殿、法轮殿，众殿攒集，犹大户群居也。与日本寺舍异，屋顶为黄色，壁赤，台阶用大理石。且有石狮、青铜惜字塔（中土人尊崇文字，故凡书有文字之纸，拾之皆投于此塔中。此中野君之说明。即视之为不无艺术性之青铜废纸篓可也）、乾隆帝御碑，要之，近于

① 中野吉三郎(1889—1950)，号江汉，汉学家，著有《北京繁昌记》等。

庄严也。

第六所东配殿，有木雕欢喜佛四体，与堂守银币一枚，则启绣幔示之。佛皆蓝面赤发，背生手臂无算，以无数人头为颈饰，丑恶无匹之怪物也。欢喜佛之第一号，跨一马，炎口衔一小人，其马披人皮。第二号，足踏一女，其女象首人身。第三号，立淫一女。第四号——仆最敬服者，即此第四号也。第四号立牛背之上，一女仰卧，其牛僭分，竟就而淫之。然是等欢喜佛甚少色情肉感，惟与人残酷之好奇心以满足感耳。欢喜佛之第四号邻，有一木雕大熊，口半启。仆问熊之因缘，曰或乃某种象征。熊前武人二（蓝面而执枪，枪着黑毛），后伴小熊二匹。

其次忆为宁阿殿。闻乐，声如馄饨肆之唢呐。窥觇之，见喇嘛僧二，各执怪异喇叭而吹奏之。喇嘛僧者，皆戴三角帽，帽上缀毛，或黄，或赤，或紫，固不无画趣矣，然视之多类恶党。稍感几分好意者，惟此二吹喇叭者而已。

其后，又从中野君行于石径之上。万福殿前楼上，一堂守探首，以手招曰，上来。梯窄，上，见此处亦有佛，蔽之以幕。堂守不轻启幕，但出其手，示意索值二十钱。遂以二十钱妥协。展幕拜观，亦怪物也，各生蓝面、白面、黄面、马面；并生手臂无算（或执弓斧，或执人首人臂），右脚为鸟足，左脚为兽足，颇类狂人画。然非预期之欢喜佛也。（唯此怪物足下踏二人。）中野君即瞋目曰："尔诳也。"堂守大狼狈，频呼："有此物，有此物。""此物"者，蓝色阳物也。隆隆一具，不生子承祧，徒为堂守赚驭烟草钱乎。悲夫，喇嘛佛之阳物也。

喇嘛寺前，有喇嘛画师店七间。画师总数三十余人，云皆来自西藏。入一店，曰恒丰号，购喇嘛佛画数枚。此画据云一年可售一万二三千元，喇嘛画师之收入亦不可小觑也。

二　辜鸿铭先生

访辜鸿铭先生。佣役引入一厅堂，素壁悬以石印画轴，地铺草席。虽恐有南京虫①，然不失萧散可爱。

待之未足一分，有一老人，目光炯炯，排闼而入，口操英语，曰："欢迎，请坐。"即辜鸿铭先生也。辫发花白，着白色大褂儿。因鼻尺寸短，故容颜略似蝙蝠。先生与仆语，几上置白纸数页，手捉铅笔书汉字如飞，口中操英吉利语不绝。于耳不敏如仆者，诚便利之会话法也。

先生南生于福建，西学于英格兰之爱丁堡，东娶日本妇人，北居北京之城，是以号东西南北人。英语自不待

① 南京虫，指臭虫。

言，据云尚通德意志语法兰西语。然异于“洋枪匿斯”①，不膜拜西洋文明。痛骂基督教、共和政体、机械万能之余，见仆所着之中式服，曰：“君不着洋装，可佩也。唯憾无辫发。”与先生谈约三十分，忽有一八九岁少女，含羞入厅堂来。盖先生之女公子也。（夫人已入鬼籍。）先生手抚女公子肩，以中国语附耳数言，女公子即启小口诵曰：“一劳哈尼好埃道七利奴鲁奥哇卡……”②当系夫人生前所授。先生颇满足，微笑视之。仆略感伤，唯凝望女公子而已。

女公子去后，先生又为仆论段论吴③，并为仆论托尔斯泰。（据云托尔斯泰曾致书先生。）先生议论风发，气宇轩昂，目光益发如炬，容颜益发似蝙蝠。仆欲去沪时，钟斯执仆手曰：“紫禁城不看亦可，勿忘见辜鸿铭。”仆亦感于先生所论，问曰：何以先生慨于时事而不欲关与时事乎？先生答一语，甚速。仆未悟，因请曰：“能再告否？”先生恨恨然，奋笔大书曰：“老、老、老、老、老……”

一小时后，辞别先生第，步回东单牌楼旅邸。微风。合欢花开，夹道成荫。夕阳斜照仆中式服。而先生有似蝙

---

① “洋枪匿斯”，Young Chinese，中国的青年一代。

② 《伊吕波歌》的前两行。《伊吕波歌》系从前日本记忆假名的习字歌，由四十七个不同假名编成。

③ 段指段祺瑞，吴指吴佩孚。

蝠之容颜，犹徘徊于仆之眼前不去。仆步入大街，回首看先生第门。——先生，幸勿咎也。仆未嗟叹先生之老，先自赞美尚年少有为之自身幸福焉。

三 什 刹 海

中野江汉君引仆所至者，非尽如北海、万寿山，或如天坛类，人皆所游者也。举凡文天祥祠，杨椒山①故宅，白云观，永乐大钟（此钟半埋土中，实已渐被用作公共便所），悉皆赖中野君导引而得以一见者也。然最为有趣者，当为今日从中野所去之什刹海游园焉。

虽称游园，然并无庭院。唯有一大莲池，四围有茶屋，张以苇箔。另有一轩，高悬看板，展示刺猬、大蝙蝠。仆等入一茶屋，中野君命玫瑰露，仆啜中国茶，坐二小时许。或问：何事乐如此？曰：无他，唯看人乐也。

菡萏未开。绕岸杨柳荫下，前后茶屋之中，或见一叟口衔水烟袋，少女头结双丫髻。或见一道士，与兵卒闲话。老姬市杏，争值不已。货人丹（非仁丹也）者，巡查，着西服之少年绅士，满州旗人之细君……数不胜数，

① 杨景盛(1515—1555)，字仲芳，号椒山，明忠臣。因奏请远奸臣严嵩，被明世祖赐死。

宛然如处中土浮世绘中。尤其旗人细君，头顶一物，黑色，未解布制乎抑纸制乎；鬟耶冠耶，未之审也；颊涂红，古风依然，不可言说。互致礼，屈膝而不弯腰，右手笔直垂地，奇体然优雅有趣。忽思赏菊御宴，洛蒂见日本宫女而奇之，觉魅力难当，诚可谅也。仆亦受魅惑，几欲向旗人细君行满州礼，道“你好”。然终未屈从于魅惑，至少于中村君堪谓幸甚矣。顾我等所入茶屋，室中隔之以圆木一，男女断不许同席。父携女同来者，则置女于对侧，己坐此侧，越圆木食之以果。其严若此，倘仆敬服之余，误向旗人细君行礼，恐将立以扰乱风俗获罪，被送至警察。中国人之形式主义，诚可谓彻底之至矣。

仆语之中野君。中野君一口饮尽玫瑰露，徐答曰：“此诚可惊也。有环城铁道，是矣，即火车而绕城墙走之者。筑此铁道，线路一部过城内。因言，如此则非环城铁道，竟于彼处特另筑一墙内之墙。形式主义不可不谓盛矣。”

四 蝴 蝶 梦

波多野君、松本君并辻听花先生，邀仆观昆曲。京调戏曲自上海以来，屡有所观，昆曲则初见也。循例仍劳人力车，穿逾狭街数重，方至一戏楼，号同乐茶园。砖门颇旧。上贴纸单，红底金字。入门内——虽已“入门内”，然犹未购戏票。看客悠然径入其内，听戏数分后，引座者前来索值，彼时付之以所定金额即可，此中土戏楼之常也。波多野君曰，尚不知剧情有趣否，即先付戏值者，未之可也。曰此乃中土之伦理。于我等看客，诚便利之制度也。入砖门，见座椅成排，看客杂然而坐，与他处无异。非也，比之昨日观梅兰芳、杨小楼之东安市场吉祥茶园，甚至前日观余叔岩、尚小云之前门外三庆园，尤显龌龊。蹀躞过看客人众后，欲上二楼客席，见一酡颜醉叟，辫发盘头，以鳖甲簪簪之，手执芭蕉扇，蹒跚低回。波多野君耳语仆曰：“此翁即樊樊山①也。”仆忽生敬意，伫立于梯阶中段，凝望老诗人多时。遥思当年醉李白云云——由是观之，文学青年之感性，至少于国际上，尚残存于仆心内与？

二楼客席内，辻听花先生先于仆等已至。翁蓄疏髯，着立领洋装。先生乃戏通中之戏通，中国伶人中亦有拜先生为父者，由此可知也。扬州盐务官高洲太吉氏尝云，前有马可·波罗，后有高洲太吉，不可一世。外国人居北京，而为戏通者，前后唯听花散人一人而已矣。仆以先生

① 樊增祥(1846—1931)，近代诗人。字嘉父，号云门，又号樊山，别署天琴老人，身云居士。

为左邻，以波多野（波多野君亦《中国剧五百番》之著者也）为右舍，居中端坐，手中虽无《缀白裘》两帙，然今日应可称具半个行家资格焉。（后记：辻听花先生著有汉文《中国剧》，系顺天时报[①]社出版。仆将去北京时，仄闻先生尚著有邦文[②]《中国戏剧》[③]，遂请命携稿经朝鲜归东京，荐之与二三书肆。书肆皆愚而不纳仆言。然天惩此愚。此书今由中国风俗研究会[④]出版。顺此广而告之云尔。）

乃点火于雪茄，俯瞰戏楼。见舞台正面缎帐低垂，台前绕之以栏，与他处戏楼无异。一优伶扮猿猴立于彼处，咿呀作讴，舞棍如转轮。征之戏单，书曰《火焰山》。毋庸赘言，此猴非常之猴，乃仆少时即尊敬之齐天大圣孙悟空也。悟空近处，又有一大汉，不着衣裳、不施粉黛，挥舞一大团扇，约三尺余，向悟空送风不绝。颇不类罗刹女，疑或即牛魔王焉。暗问波多野君，答曰此人乃佣役耳，仅为俳优扇凉，以代扇风机云。牛魔王早已战败，逃入后台焉。悟空亦于数分后，一个筋斗十万八千里——实

---

① 日本人出版的中文报纸。1901 年 10 月在北京创刊，初名《燕京时报》。1930 年 3 月 26 日停刊。

② 指日文。

③ 上下二册，1923 年中国风俗研究会刊行。

④ 以中野江汉为中心，计划月出一书，但出六篇后解散。

为悠悠然阔步向鬼门道退却而去。所憾者，因感服樊樊山，火焰山下大战未得观之也。

继《火焰山》，其次为《蝴蝶梦》。身着道服漫然闲步于舞台者，《蝴蝶梦》之主人公庄子也。庄子乃一大目美男，其旁喋喋喃喃与之语者，即此哲学家之细君也。至此，皆可一目了然。然另有二童子时时出现于舞台，则不明何所象征焉。“渠等庄子之子乎？”仆再度烦劳波多野君。波多野君不禁哑然，答曰：“渠等即彼蝴蝶是也。”然任如何偏袒，亦绝非蝴蝶。时维六月，或乃请扑火蛾李代桃僵耶？唯此剧梗概，仆先刻已知，故于登场人物亦非全似盲人摸象。非也，迄今仆所观中国戏曲六十有余，以此剧为最有趣者，乃事实焉。按《蝴蝶梦》者，谓庄子亦如世间所有贤者，心疑其妇，故借道术假死，欲以试妇之贞。妇叹庄子之死，缞绖哀号，而楚公子来吊……

“好！”

发此大声者，辻听花先生也。仆固非不惯于叫“好”之声者也，然未尝闻有特色者如先生之“好”矣。若求匹于古今，则长坂桥头，张飞横丈八蛇矛一声大喝，庶乎近焉。仆罔然视之，先生以手指壁曰：“君见彼处所悬之札乎？曰：不许怪声叫好云尔。怪声者则不可。如余之‘好’则可矣。”大哉安纳托尔·法郎士，君之印象批评论诚真理也。怪声与不怪之声，不可以客观标准律之。仆等所视为怪声者——然此等议论姑让与他日，且再回归《蝴蝶梦》。楚公子来吊，妇忽移情公子，至忘庄子焉。非独忘也。公子急发病，及知非食人脑无策免死，竟挥斧破棺，欲取庄子脑髓。然公子原来乃一蝴蝶，忽然飞去天外。妇不惟再婚不得，且终为庄子所惨淡申斥。为天下妇女计，诚当谓可怜万分之讽刺剧也。——如此似写剧评，实则仆甚至不明昆曲之所以为昆曲，但觉不似京调剧奢华耳。波多野君亲切为仆解说，曰："梆子乃秦腔。"然毕竟念佛马耳，唯自叹可悲而已矣。另，略记仆所观《蝴蝶梦》角色如下：庄子妻——韩世昌，庄子——陶显亭，楚公子——马凤彩，老蝴蝶——陈荣会，等。

《蝴蝶梦》观毕，向辻听花先生道谢后，与波多野君、松本君命驾回逆旅。见新月悬天，街道喧嘈。新时代女子携洋装绅士臂，招摇过市。彼辈即倘必要，便忽——纵毋庸挥斧，恐将用锐利胜于斧之一笑，径取夫君脑髓者耶？思作《蝴蝶梦》之士人，想古人厌世之贞操观，所费于同乐园二楼客席之数小时，似未必徒劳也。

五　名　　胜

万寿山　驱车至万寿山，途中风光可爱。然万寿山宫殿泉石，足见西太后趣味之庸俗。柳垂池边，有一大理石画舫，甚丑恶。此亦评价颇高云。石船尚可感叹，铁造之军舰岂不可卒倒乎？

玉泉山 山上有废塔。踞塔而俯瞰北京郊外，景好胜万寿山数等。惟取此山泉水所造汽水，更好于美景亦未可知也。

白云观 洪太尉石碣一开，走一百单八魔君者，疑即此之谓也。灵官殿、玉皇殿、四御殿等，皆金碧辉煌于槐树、合欢中。顺途觇厨于葡萄架后。此亦非世间寻常之厨也。“云厨宝鼎”额左右，悬金字联曰：“勺水共饮蓬莱客，粒米同餐羽士家。”但道士不敌时势，矻矻运炭焉。

天宁寺 此寺塔为隋文帝所建，惟今塔乃乾隆二十年重修也。塔叠绿瓦一十三层，屋缘白，塔壁赤。——如此道来似颇绮丽，实则荒废不堪看。寺舍已圮毁，但见紫燕乱飞耳。

松筠庵 杨椒山故宅也。谓之故宅，似甚风流，实在邮局侧，且入口置一君子自重之便壶，不雅亦甚矣。敷瓦，堆岩，庭前有谏草亭。庭多盆栽紫萼。椒山“铁肩担道义，辣手著文章”碑，今化作灯台，亦滑稽也。后生诚可畏，椒山知此语之意否？

谢文节公[1]祠 此祠亦在外右四区警察署第一半日学校门内，惟不明孰为家主。薇香堂中有叠山木像，像前有纸锡、玻璃灯笼等物，余但尘埃满堂耳。

窑台 三门阁下昼寝者众。芦荻满目。中野君说明曰：北京苦力炎暑之季皆赴外省觅活，其间苦力之妻则于芦荻中卖淫云。谓时价一毛五分内外。

陶然亭 仰见古刹“慈悲净林”匾，然此等物不足论也。陶然亭天井系编竹而成，窗张绿纱且障子似护窗，卍字纹，上掀，简素可爱。食名产素斋。忽闻鸟语频频，自天上来。因问侍者何物哉？答曰：请听少顷，便知乃郭公云尔。

文天祥祠 在京师府立第十八国民高等小学校邻。堂内安置以木像并宋丞相信国公文公之神位。余亦惟见尘埃漠漠耳。堂前有大榆树。倘杜少陵，或当作《老榆行》乎？仆固连一发句亦未得。英雄之死，一度足矣，二度之死则过堪怜。应知诗兴到底不生者也。

永安寺 此寺善因殿被消防队用作瞭望台。衔雪茄立于殿上，紫禁城之黄瓦、天宁寺塔、美国电线杆等，历历皆可指呼。

---

① 谢枋得(1226—1289)，字君直，号叠山。诗人。宋末忠臣，抗元，兵败，不屈饿死，谥文节公。

北海　柳、燕、莲池。面此者，黄瓦丹壁，乃大清皇帝之小宅也。

天坛、地坛、先农坛　皆大理石坛，大。坛上惟萋萋芳草丛生而已。步出天坛外广场，忽闻枪声一响。因问：何哉？答曰：死刑也。

紫禁城　此乃梦魇耳。比夜天犹大梦魇耳。

杂信一束

一　欧罗巴式的汉口

这水洼里倒映着的英吉利国旗的鲜明色彩——噢噢，差点儿叫洋车儿撞了。

二　中国式的汉口

彩票与麻将牌之间，夕阳火红地照着碎石路。走在其上，我从盔形帽的帽檐下突然感受到汉口的夏日——

暑气盛满篮，巴旦杏欲燃。

三　黄　鹤　楼

名叫甘棠酒茶楼的红砖建造的茶馆，唤作惟精显真楼、同样是红砖建筑的照相馆——舍此别无可观。固然，隔着眼底栉比鳞次的瓦屋顶，远处黛赭色的长江，唯有翻飞的浪花是雪白的。江对岸，远方是大别山，山顶有两三株树，还有粉壁环绕、小巧玲珑的禹庙。

我：鹦鹉洲呢？

宇都宫[①]：那左手里看得见的就是。不过现在成了煞风景的木材堆放场。

四　古　琴　台

一个留着前刘海的雏妓，手执桃红色扇子，倚着面临月湖的栏杆，瞩眺阴霾密布下的水面，疏落的芦苇与荷叶背后阴霾密布下黑黢黢的水面。

五　洞　庭　湖

洞庭湖虽然号称为湖，但并非始终有水。除去夏季，平时不过是在淤泥田中流过一条河道而已。——仿佛是为了证明这一点，高出水面三尺多，立着一株长满枯枝的黑松。

① 宇都宫五郎，时供职于汉口的日资武林洋行，在武汉曾为芥川导游。

六　长　　沙

在大街上执行死刑的城市。伤寒与疟疾流行的城市。水声可闻的城市。入夜后石板路面依然暑热蒸人的城市。甚至连鸡也恫吓我，呐喊着“芥川先生！”的城市……

七　学　　校

参观长沙天心第一女子师范学校及附属高等小学。一个长着古今罕见的苦脸的青年教师为我们领路。女学生们为了排日，一律不使用铅笔，因而在桌上摆好笔砚，来做代数几何。想顺便参观一下宿舍，遂委托年轻的翻译代为交涉。谁知教师苦脸益发地苦，曰：“这个我们不能遵命。因为几天之前刚发生过五六个大兵闯入宿舍强奸学生的事件！”

八　京汉铁路

好像这卧铺车单单锁上门是无济于事的，皮箱也随手倚在身边为佳。好啦，这样的话就算是遇上土匪——等一等，遇上土匪时，可不可以不付小费？

九　郑　　州

街头的大柳树枝上，坠着两根辫子。而这辫子上每根都像穿着玻璃珠子似的，缀着无数的苍蝇。因腐烂而坠落到地上去的罪人首级，也许已经被狗吃掉了。

十　洛　　阳

客栈的窗户，透过卍字纹窗格子，可以看到柠檬色的天空。大量麦尘遮云蔽日的天空。

童子眠孤台，麦尘入梦来。

十一　龙　　门

在泛着黑光的墙壁上，至今犹在恭恭敬敬地礼拜佛祖的唐朝男女们，是何等之端丽!

十二　黄　　河

在火车渡过黄河之际，我所享用的东西试列举如下：

茶两碗、枣六颗、前门牌香烟三根、卡莱尔[①]《法国革命史》两页半，此外——杀死了十一只苍蝇!

十三 北　京

环抱紫禁城黄色玻璃瓦的合欢与槐树的大森林。——是谁，把这森林称作都市的?

十四 前　门

我：咦，飞机在飞！没想到你居然还如此时髦?

北京：哪里哪里。请你看看这座前门。

十五 监　狱

参观京师第二监狱。一个无期徒刑的囚人正在拼造玩具人力车。

---

① 托马斯·卡莱尔(Thomas Carlyle，1795—1881)，英国批评家，史学家。名著《法国革命史》出版于1837年。

十六　万里长城

一览居庸关、弹琴峡等之后，攀登万里长城时，一个乞食童子从我们背后追上来，手指苍茫山峦说：“蒙古！蒙古！”然而不用查地图也知道此话不实。为了得到一片铜钱而利用我们《十八史略》式的浪漫主义，诚不愧为老大之国的乞丐，让人无语钦佩。但在城墙之间看见了薄雪草，顿觉此身已临塞外。

十七　石　佛　寺

从艺术能量的洪水之中，几朵石莲花发出欢喜之声。仅仅聆听这歌声——这简直是玩命。且让我喘一口气。

十八　天　　津

我：走在这西洋风格的城市，便会莫名地频生乡愁。

西村：您孩子是一个人吗?

我：不，我不是说日本。我是想回北京。

十九 奉 天

正值日暮黄昏，看到火车站走过四五十个日本人时，我差点儿就要赞成黄祸论[①]了。

二十 南满铁路

匍匐在高粱根上的一只蜈蚣。

① 指德皇威廉二世于1895年提出的黄色人种将称霸世界的论调。

译后记

《中国游记》，芥川龙之介（1892—1927）著，1925年11月3日由改造社出版于东京，正文共265页。全篇共由《上海游记》、《江南游记》、《长江游记》、《北京日记抄》、《杂信一束》五部分构成。其中《上海游记》系归国后立即动手写作，连载于《大阪每日新闻》（1921年8月至9月）。大约三个月后，《江南游记》开始在《大阪每日新闻》上连载（1922年1月至2月），这两篇游记占了全书约九成的分量。《长江游记》则在事隔三年之后执笔，发表于《女性》杂志1924年9月号，但未得完成。《北京日记抄》最初刊载于1925年6月号《改造》杂志，而《杂信一束》则是初次公开发表。

在日本作家中，芥川龙之介相对而言，是较为海内读书界所熟悉的名字。他的不少作品都被译成了中文，介绍给我国读者。芥川生于1892年，其成长期恰与日本教育制度的变革期相重叠，可以说是尚注重汉学修养的教育制度培育的最后一代知识分子。因此芥川的中国古典文学功底相当深厚，这在《中国游记》中也随处有所表现。他还能作汉诗，并且也曾取材于《聊斋志异》、《剪灯新话》等中国古典文学作品，写过七个短篇小说。而且他的西文水平也颇高，毕业于东京帝大英文系，来华时在北京会见过胡适，连留美多年的胡适也在日记中称赞芥川英文说得流利。此外芥川还能阅读德文和法文。

1918年2月芥川辞去教职，成为大阪每日新闻社社友，翌年3月成为正式社员，无须出勤，但却按月领取薪水130元，稿费另付；条件是可以随意在任何杂志上发表作品，但报纸只能以《大阪每日新闻》为唯一的发表媒介。芥川从此开始了职业作家的生涯。1921年年初，芥川龙之介受大阪每日新闻社派遣，以海外视察员身份访华。访问中国，本是芥川的多年夙愿，早在第一高等学校读书时，他就在致友人的信中表露过这一心愿。3月19日，芥川离开东京，预定取道九州的门司港登舟，泛海来华。其实他数日前偶染风寒，至18号仍尚未痊愈。但芥川访华心切，抱病出征。结果在车中感冒复发，高热不退，无奈只得在大阪下车，疗养了一个星期后，再度登程，28日在门司（今北九州市）搭乘筑后号，30日午后抵达上海，开始了长达120余日的漫游。但在上海旋又旧病复发，4月1日被诊断为干性肋膜炎，当即住进日本医师开设的里见医院，蛰居了三周，直到21日方病瘥出院。出师不利、病魔缠身，对芥川的情绪自然会有所影响；加之他尽管熟悉汉籍，对中国的现实却不甚了了。而期望越高，面对现实的落差时，失望也势必就越大。了解了这些情况，对于阅读、理解《中国游记》会有所帮助。

芥川龙之介是位著名的美文家，一部《中国游记》便充分表现了他刻意求工、别出机杼，不肯落前人窠臼的风格。在这部游记中，芥川力避平铺直叙的呆滞、俗套，运用了对话（上海游记·十二，江南游记·十九、二十），书信（上海游记·十四、江南游记·十二），戏剧（上海游记·二十），手记（上海游记·十八、江南游记·二十）等多种体裁，跌宕多姿，变幻有致，读来颇觉新颖。而在文体上，《北京日记抄》的全文，以及《上海游记》、《江南游记》的部分章节，则又有意采用拟古文体写成，即基本上是文言文的形式，词汇上却间或使用一些现代语汇，与整体的口语文体形成奇妙的反差，酿出一种独特的韵味。为了再现原著的风格，译者在移译时，也做了一些努力，试图表现芥川语言与体裁的变化；对拟古体的部分，也尝试用文言译出。但毕竟功力不逮，每每弄巧成拙、不尽人意，还请大方不吝赐教。

施小炜

1998 年 9 月于呷奔国暗疏乡

图书在版编目(CIP)数据

中国游记/(日)芥川龙之介著;施小炜译.—杭州:浙江文艺出版社,2018.3(2018.6重印)

(东瀛文人·印象中国)

ISBN 978-7-5339-5017-0

Ⅰ.①中… Ⅱ.①芥… ②施… Ⅲ.①散文集-日本-现代 Ⅳ.①I313.65

中国版本图书馆CIP数据核字(2017)第218242号

统　　筹:曹元勇
责任编辑:周　语
封面设计:人马艺术设计·储平
责任印制:吴春娟

中国游记
[日]芥川龙之介　著
施小炜　译

出版:浙江文艺出版社
地址:杭州市体育场路347号　邮编:310006
网址:www.zjwycbs.cn
经销:浙江省新华书店集团有限公司
印刷:上海中华商务联合印刷有限公司
开本:787毫米×1092毫米　1/32
字数:126.5千字
印张:7.25
插页:4
版次:2018年3月第1版　2018年6月第2次印刷
书号:ISBN 978-7-5339-5017-0
定价:39.00元